영웅전설

영웅 전설

무 람 판타지 장편 소설

1

뿔미디어

CONTENTS

[프롤로그]

아르카스 대륙의 가장 강한 강국이라고 뽑으면 카린스 제국이라고 할 수 있었다.

그런 카린스 제국에는 대륙에 존재하는 모든 강자들이 모여 있었다.

이들이 모여 있는 이유는 바로 흑마법사의 전쟁 때문이었다.

흑마법사의 수장인 알로에는 자신의 가족을 죽인 원한을 갑기 위해 흑마법을 배웠지만 천성이 사악하여 흑마법의 힘이 도취하는 바람에 결국 대륙 전쟁으로 번지게 되었다.

알로에는 전쟁을 하기 위해 자신들의 세력이 부족하다는 이유로 마계의 마족과 마물들을 대거 소환하였고, 이를 알게 된 각 나라에서는 흑마법사의 소탕을 위해 연합하여 각 나라의 전 병력을 모아 대항을 하게 되었다.

"황태자 전하, 흑마법사들이 모여 있는 곳을 찾아갈 것이 아니라 그들을 우리가 있는 곳으로 유인하는 것이 어떠십니까?"

"유인을 하여 섬멸을 하자는 말이오?"

"그렇습니다. 제국에 아직 남아 있는 시간의 마법진을 이용하면 충분히 가능한 일입니다. 그리고 흑마법사들의 힘이 강하여 자만심에 빠져 있으니 충분히 가능한 일입니다."

제국의 황태자의 눈이 잠시 감겼다.

무언가 생각을 할 때 나오는 버릇이었다.

황태자의 버릇을 알고 있는 제국의 귀족들은 조용히 황태자가 생각을 정리하기를 기다렸다.

잠시의 시간이 지나자 황태자는 눈을 떴다.

"흑마법사들을 유인하는 장소는 어디로 했으면 좋겠소?"

"저들이 유인을 당하고 있다는 생각을 하지 못하게 평야와 계곡이 있는 곳인 아스레인 계곡이 적당합니다."

"그런데 유인을 하면 저들을 모두 죽일 수는 있는 것이오?"

황태자는 흑마법사를 유인하면 과연 저들을 모두 죽일 수 있는지가 궁금했고 확실한지 알고 싶었다.

"황태자 전하, 제국에 있는 시간의 마법은 누구라도 그 안에 들어가면 절대 빠져나오지 못하는 마법진입니다. 그 시각을 천 년이나 이천 년 정도를 정하게 되면 과연 그 안에서 살아 있을 인물은 아무도 없을 것입니다."

황태자는 자신도 알고 있는 시간의 마법에 대해 생각을 하였다.

어린 시절 황실의 교육을 받을 때 들은 기억을 재생하고 있었다.

"황태자 전하, 제국에는 시간의 마법이라는 것이 있습니다. 아마도 대륙의 다른 나라에는 없는 마법이라고 할 수 있는 절대의 마법이라고 할 수 있는 마법이지요."

"그러면 시간의 마법이라는 것은 무엇인지요?"

"시간의 마법이라는 것은 하나의 마법진입니다. 다만 그 마법진의 안에 들어가게 되면 누구도 빠져 나올 수 없는 마법진이지요. 이는 마법진 자체가 스스로 살아 움직이는 것이라 그 안으로 들어가는 것은 허용이 되나 나오는 것은 허용이 되지 않게 결계를 만들어서입니다."

"그런 마법진이 제국에 있다면 우리 제국을 침공하려는 적은 없겠군요."

"그렇습니다. 제국이 강하기도 하지만 이런 마법진이 있기 때문에 누구도 제국을 침공하는 생각을 하지 않는 것입니다. 하지만 시간의 마법진은 한 번 설치를 하면 백여 년은 다시 사용을 할 수 없다는 단점이 있어 아직 사용을 하지 못하고 있습니다. 황태자 전하."

황태자는 어려서 들은 마법진에 대한 생각이 떠오르자 입가에 미소를 지었다.

"당장 시간의 마법진을 설치하고 흑마법사들을 유인하도록 하라."

"예, 황태자 전하."

황태자의 명령에 대륙 연합군은 일사불란하게 움직이기 시작했다.

황태자가 있는 곳은 마법진이 있는 곳과는 그리 떨어지지 않은 곳이었다.

이는 흑마법사들을 유인하려면 어쩔 수 없이 그리해야 했다.

대륙의 연합군이 모두 모여 있는 평야로 흑마법사들이 몰려왔다.

흑마법사들은 자신들이 소환한 마족들과 마물들을 대동하여 이번에는 확실히 전쟁을 승리하겠다는 생각을 하고 있었다.

"알로에 님, 이번에는 확실히 대륙 연합군을 죽여 버리겠습니다."

"당연하지 이번에도 실패를 하는 날에는 너의 존재를 없애 버리겠다."

알로에의 말에 수하인 흑마법사는 몸을 부르르 떨었다.

"걱정하지 마십시오. 이번에는 절대 놓치지 않을 것입니다."

흑마법사들은 연합군이 있는 아스레인 계곡으로 이동을 하였다.

연합군도 흑마법사들이 온다는 소식을 듣고는 긴장을 하기 시작했다.

"모두 준비는 확실히 했소?"

"그렇습니다. 이번에는 흑마법사들을 모조리 가두어 둘 수 있을 것이옵니다."

황태자의 옆에는 대륙 유일의 9서클 마법사가 자신 있게 대답을 하고 있었다.

"대마법사의 말을 들으니 믿음이 가오."

황태자도 대마법사인 렉스의 자신 있는 대답에 안심이 되는 모양이었다.

연합군은 모두 긴장을 하고 흑마법사들이 진군하는 모습을 지켜보았다.

흑마법사들은 마물들을 앞세워 진군을 하였고 혹시라도 적이 있어도 마물들이라면 충분히 승산이 있다고 생각하고 있는 것 같았다.

흑마법사들이 이끌고 있는 마물들의 수가 무려 백만이나 되니 이들이 이렇게 자신을 하고 있었다.

연합군의 숫자도 백만이 넘었지만 흑마법사들의 진영도

만만치 않은 숫자였다.

흑마법사들이 계곡으로 진입을 하였고 연합군은 아직은 시간의 마법진을 움직일 시기가 아니라고 판단을 하였기에, 적을 맞이하여 전군이 움직이기 시작했다.

"적이 눈앞에 있다. 모두 공격하라."

황태자의 명령에 전군이 공격을 하기 시작했다.

"와아아아. 적을 무찔러라."

"공격하라."

연합군은 강자들이 선두에 서서 공격을 하기 시작했다.

쉬이익!

연합군은 마물들과 대대적인 교전이 벌어졌고 마물들은 연합군의 저력에 밀리고 있었다.

흑마법사의 수장인 알로에는 그런 마물들을 보고 수하의 흑마법사들에게 명령을 내렸다.

"전원 적을 맞이하여 공격하라."

"와아아 적을 죽이자."

"대륙은 우리의 것이다."

흑마법사들은 승리를 확신하고 있는지 자신감이 넘쳐 있었다.

수많은 흑마법사들이 공격을 시작하자 연합군은 서서히 밀리기 시작했다.

"대마법사 이제 마법진을 움직여도 되지 않겠소?"

황태자는 연합군이 죽어 가는 것을 볼 수 없는지 마법진을 움직이려고 하였다.

"황태자 전하 아직은 무리입니다. 적의 수장도 들어가지 않았으니 조금만 더 기다려 주십시오."

"하아, 흑마법사의 수장을 잡기 위해 수많은 연합군이 죽어 가고 있소. 대마법사."

황태자는 안타까운 시선으로 전방을 보았다.

대마법사인 렉스도 연합군이 죽어 가는 것을 보고 있지만 지금은 대를 위해 소를 희생할 수밖에 없었다.

처음부터 어느 정도의 희생은 감수하고 있었기에 렉스는 연합군의 죽음을 보고도 마법진을 움직이지 않고 있었다.

하지만 렉스의 실수가 있었으니 흑마법사의 수장인 알로에는 제국이 그런 마법진이 있다는 사실을 알고 있었고, 오늘 이 자리에 알로에가 자랑하는 역행 마법진이 설치되어 있다는 사실을 말이다.

알로에는 연합군이 자신들을 유인한다는 사실을 알고도 자신 있게 올 수 있었던 이유가 바로 역행의 마법진이 있어서였다.

시간의 마법진과는 반대되는 마법진이었고 충분히 시간의 마법진을 무효화시킬 수 있다는 자신감에 오히려 연합군을 전멸시키기 위해 온 것이다.

알로에는 자신 있게 마법진이 설치되어 있는 안으로 들

어가면서 자신의 마법진을 활성화시켰다.

혹시나 저들이 먼저 마법진을 움직이기 전에 말이다.

꽈르르릉.

알로에가 활성화시킨 마법진으로 인해 연합군이 설치한 시간의 마법진이 자동으로 움직였다.

"헉! 무슨 일이요? 대마법사?"

황태자는 갑자기 지진이 일어난 것처럼 주변이 움직이자 깜짝 놀라 물었다.

"자… 잠시만 기다려 주십시오. 황태자 전하."

렉스는 시간의 마법진이 움직이고 있다는 사실에 자신도 놀라고 있었다.

우선은 마법진이 어째서 스스로 움직였는지를 알아야 했다.

렉스가 마법진을 확인하기 위해 움직일 때 알로에는 마법진이 발휘되었다는 것을 알고 내심 제국의 마법진도 별거 아니라는 생각을 하고 있었다.

"크하하하, 제국의 마법진은 우리에게 힘을 쓰지 못하게 되었으니 모두 쓸어버려라."

"예, 알로에 님."

흑마법사들은 연합군이 무언가 준비를 하고 있다는 사실을 짐작하고 있었지만 자신들의 수장인 알로에를 믿고 있었다.

역사상 흑마법의 끝인 9서클의 경지에 도달한 알로에라 이들이 철저하게 믿고 따르는 것이었다.

흑마법사들은 모두가 힘이 없어 귀족들이나 기사들에게 당한 서러움을 가지고 있는 사람들이었다.

그런 이들에게 힘을 주고 원수를 갚을 수 있게 해 준 알로에는 이들에게는 생명의 은혜를 나누어 준 사람이었다.

죽음을 각오하고 움직이는 흑마법사들과 연합군은 치열한 전투를 하고 있었지만 전장의 분위기는 금방 누가 우세한지를 알 수가 없었다.

그런데 제국의 마법진과 알로에의 마법진이 섞이면서 마법진은 이상하게 변질이 되고 있었다.

꾸르르릉.

마법진에서는 이상한 기운이 발생하였고 그 기운은 연합군과 흑마법사들의 군을 가리지 않고 순식간에 가두어 버렸다.

"어어… 저게 뭐야?"

"어?"

연합군의 지휘부에서는 갑자기 생겨난 이상한 기운에 놀라 한마디 하였지만 그 소리와 함께 이들을 삼켜 버렸다.

대륙 연합군과 흑마법사들이 사라지고 대륙은 자연의 광란에 엄청난 피해를 입게 되었다.

그렇게 고대 제국과 연합군은 사라졌고 그 일에 대해서

아는 사람은 아무도 없게 되었다.

자연의 광란에 입은 피해는 대륙의 십분의 구나되는 사람들을 죽였고 살아남은 사람들도 자연의 광란에 의해 입은 피해를 보고는 모두 기절을 하고 말았다.

자연의 공격에 입은 피해는 찬란한 문화의 흔적을 모두 사라지게 하였으니 말이다.

그렇게 세월은 흘러 이천 년이라는 시간이 지났다.

영웅전설

1.

파올로 백작가의 멸망

아르카스 대륙에는 이강, 오중, 삼약의 나라가 있었다.

모두 열 개의 나라가 있었지만 그중 가장 강한 나라라고 하면 카이라 제국이라고 할 수 있었다.

카이라 제국에서 명문이라고 불리는 파올로 백작가에 지금 치열한 전투가 벌어지고 있었다.

제국 내에서도 강한 가문으로 소문난 파올로 백작가가 적의 공격을 받고 있었다.

챙챙챙!

"저들을 막아라."

"크아악!"

"으악!"

"주군, 적의 숫자가 너무 많습니다. 어서 서둘러 피신하십시오. 여기는 저희들이 막아 보겠습니다."

"단장의 마음은 알겠지만 나는 파올로 백작가의 주인이네. 이대로 도망을 갈 수 없는 일이네."

"주군, 시간이 없습니다. 어서 피신하십시오."

기사단장의 얼굴에는 안타까움과 다급함이 어려 있었다.

"체이서 경, 자네에게 부탁이 있네. 우리 제임스를 데리고 떠나 주게. 우리 가문이 멸망을 하게 되면 후에 힘을 키워 다시 가문을 일으키라고 전해 주게. 오늘 우리 가문을 공격한 적의 뒤에는 미첼 후작가가 있다고 전해 주게. 저들이 우리를 노린 이유는 얼마 전에 발견된 광산 때문이네. 금광의 크기가 크니 저들이 저렇게 단합을 하여 공격한 것이네. 여기 우리 가문의 인장이 있으니 제임스에게 전해 주게. 그리고 미안하네, 체이서 경."

파올로 백작가는 강했고 그런 강한 가문에, 이번에 새롭게 커다란 금광을 발견하게 되었다.

강하기만 했던 가문이 이제는 자금도 풍부해지게 되면 더 이상 제국에서 파올로 백작가를 대적할 가문을 없게 되니, 미첼 후작은 눈엣가시 같은 파올로 백작가를 없애기 위해 다른 귀족들과 협상을 하여 공격을 하게 된 것이다.

제국 제일의 기사단을 보유한 가문이지만 그 수가 그리 많지 않아, 충분히 상대를 할 수 있는 방법이 있다고 귀족들을 설득하여 결국 백작가를 공격하게 되었다.

이야기를 하는 백작의 눈을 보니 이미 죽음을 각오하고 있는 눈이었다.

단장은 그런 주군의 안타까움 모습에 눈물을 흘리고 말았다.

"크흑, 주군."

제국 제일의 기사단이라는 명예로운 칭호를 가지고 있는 기사단도 숫자에 밀려 결국 하나둘 죽어 나가고 있었다.

단장의 눈물과 주군의 눈을 보고 있던 체이서는 더 이상 시간이 없다는 것을 알고 최대한 정중하게 인사를 하였다.

"주군, 부디 나중에 다시 뵈올 수 있기를 바랍니다."

체이서도 눈물을 참으며 마지막 인사를 하고 있었다.

오늘 적의 기습에 백작가의 전력이 모두 사라졌다는 것과 자신이 하고 있는 인사가 주군의 마지막 모습이라는 것을 체이서는 알고 있었다.

"고맙네, 명예로운 죽음을 주지 못해 미안하네. 부디 제임스를 잘 부탁하네."

"알겠습니다, 주군. 크흐흑!"

체이서는 결국 눈물을 참지 못하고 흘리면서 소영주가 있는 별관으로 빠르게 움직였다.

백자가의 소영주인 제임스는 아직 어린 이제 다섯 살의 나이였다.

"소영주님, 어서 가셔야 합니다."

"아버지는 어디에 있는데?"

"나중에 오신다고 하셨으니 우선은 소영주님이 먼저 가셔야 합니다."

체이서는 소영주인 제임스를 자신의 품에 안아 들고 빠르게 저택의 비밀 통로를 향해 갔다.

힘들지만 비밀 통로만 빠져나가면 소영주를 살릴 수가 있을 것 같았다.

체이서는 비밀 통로의 입구에 도착을 하였지만 입구가 너무 좁아 소영주인 제임스를 먼저 안으로 들어가게 했다.

"소영주님, 어서 안으로 들어가십시오. 제가 바로 따라가겠습니다."

"알았어. 들어갈게."

체이서의 말에 제임스는 비밀 통로의 안으로 들어갔다.

"저기 아직 살아 있는 기사가 있다."

제임스가 안으로 들어가자 그 뒤로 바로 쫓아가려는 순간 누군가가 자신을 발견하였는지 고함을 치고 있었다.

체이서는 소영주인 제임스가 안으로 들어가 있으니 결국 자신이 소영주의 안전을 위해 적들을 유인해야겠다고 판단했다.

"소영주님. 저와 예전에 갔던 피에로의 언덕을 아실 것입니다. 비밀 통로를 따라가시면 그리로 나오니 제가 갈 동안 기다려 주십시오."

체이서는 제임스를 보며 말을 하고는 빠르게 입구를 무너뜨렸다.

체이서가 사라지며 입구가 무너지자 제임스는 무섭고 몸이 떨렸지만 이제는 나갈 방법이 없으니 계속해서 어두운 통로를 따라가야 했다.

"흑! 체이서 경 어서 와. 나 무섭단 말이야."

제임스는 통로의 안으로 걸어가면서 울고 있었지만 본능적으로 걸음을 계속 걷고 있었다.

체이서는 그런 소영주를 안전하게 하기 위해 적들을 다른 방향으로 유인하고 있었다.

체이서는 적의 기사가 두 명밖에 되지 않아 이들을 죽이고 떠나면 되겠다는 생각이 들었다.

"저놈들만 죽이면 소영주님에게 갈 수가 있겠다."

체이서는 두 명의 기사에게 은밀히 접근을 시도했다.

다행이 두 명의 시선이 다른 곳에 있는지 체이서가 접근하는 것을 보지 못하고 있었다.

체이서는 어느 정도의 거리에 접근하자 이내 검으로 공격을 하였다.

"차앗!"

서걱. 서걱.

"크악!"

"으악!"

체이서의 검에 한 명은 목이 달아났고, 한 명은 크게 가슴에 검상을 입었다.

체이서는 자신의 공격이 성공하였다는 것을 알고는 뒤도 돌아보지 않고 도망을 갔다.

하지만 체이서에게는 그런 행운이 없는지 도망을 가는 곳에 또다시 기사들이 기다리고 있었다.

"여기까지 오다니 실력이 제법 있는 놈이구나."

체이서는 자신을 향해 입을 연 놈을 보고 검을 잡은 손에 힘을 주었다.

더 이상 말이 필요 없는 상황이었기 때문이다.

여기서 죽으면 자신을 기다리고 있을 소영주에게는 미안하지만 자신은 최선을 다했다는 생각이 들자 마음이 편해졌다.

"오너라, 오늘 너희들에게 파올로 백작가의 검을 구경시켜 주마."

체이서는 신념이 불타는 눈빛을 하며 상대를 보았다.

제국의 기사라면 적어도 이 정도의 기개는 있어야 한다는 생각이 들 정도로 체이서는 상대에게도 감동을 주고 있었다.

"생각보다는 기개가 넘치는 놈이구나. 마음에 들기는 하지만 살려 줄 수는 없구나. 모두 쳐라."

기사들에게 지시를 내리자 바로 기사들은 체이서를 향해 공격을 하였다.

제국 제일의 기사단에 소속이 되어 차후의 단장을 바라보는 체이서였기에 그 실력은 대단하였다.

챙챙챙!

"으악!"

"크윽!"

체이서도 기사들의 공격에 무사하지는 못했다.

왼쪽 팔에는 크게 부상을 당했는지 피가 뚝뚝 떨어졌고 등에도 기다란 검상을 입고 있었다.

그렇게 부상을 입었는데도 체이서는 필사적으로 도주를 하고 있었다.

기사들이 쫓으려고 하니 우두머리로 보이는 남자가 만류했다.

"그만두어라, 저자가 도망을 가도 더 이상 살아갈 수는 없을 것이다."

"하지만……."

기사들은 불만을 표시하려고 하다가 갑자기 말을 잇지 못했다.

바로 수장의 얼굴에 나타나는 표정 때문이었다.

저런 얼굴이 되었을 때문 무조건 조심해야 했다.

체이서는 소영주가 있는 방향으로 필사적으로 도주를 하

였고, 기사들이 따라오지 않는 것에 안심이 되었지만 그래도 조심하며 이동을 하였다.

백작가의 저택과는 상당한 거리가 있는 작은 산의 정상에는 작은 동굴이 있었다.

여기는 제임스가 자신의 은신처로 지정을 하여 기사들과 놀기도 하는 그런 장소였다.

그 안에는 제임스가 오돌오돌 떨면서 누군가를 기다리고 있었다.

체이서는 그 동굴의 입구에 도착을 하자 더 이상은 서 있을 힘도 없었는지 바로 쓰러지고 말았다.

털썩!

"소영주님."

"체이서?"

체이서의 목소리에 제임스는 바로 달려 나왔다.

제임스의 눈에는 피투성이의 몸을 가지고 쓰러져 있는 체이서의 모습에 두려움과 무서움에 그대로 울고 말았다.

"으앙, 체이서, 어서 일어나."

"소영주님 저의 말을 잘 들으십시오. 가문의 원수는 바로 미첼 후작가입니다. 미첼 후작이 저희 가문이 발견한 광산 때문에 다른 귀족들과 단합을 하여 공격을 한 것이니 절대 잊으시면 안 됩니다. 그리고 여기 이것을……."

체이서는 피에 젖은 품에서 작은 반지를 꺼내었다.

제임스도 반지를 보고는 가문의 인장이라는 것을 알아보고는 바로 반지를 받았다.

제임스가 반지를 받자 체이서의 눈에서는 서서히 생기가 빠져나가고 있었다.

이제 자시의 임무를 완수하였다는 만족한 표정을 지으며 말이다.

"체이서, 체이서. 이대로 죽으면 안 돼."

제임스는 아직 나이가 어린 다섯 살의 소년이었다.

그런 제임스에게는 눈앞의 현실은 가혹한 일이었다.

"소… 영주… 님……. 부… 디 행복하… 십시……."

체이서의 고개가 마지막을 잇지 못하고 떨어졌다.

"체이서, 체이서!"

제임스는 체이서의 이름만 불렀다.

아무리 흔들어도 말을 하지 않는 체이서를 보고 이제야 죽었다는 것을 실감하는 제임스였다.

"미첼 후작 절대 용서하지 않을 것이다. 절대로!"

2.
아들이 태어나다

여름이라 그런지 햇살의 따가움에 몸이 익을 정도로 더위가 기승을 부리고 있었다.

그 무더위에도 창고의 안에서는 포대를 나르고 있는 남자들이 땀을 흘리며 열심히 일을 하고 있었다.

"잠시 쉬었다가 하세."

선임자의 말에 일을 하는 사람들은 각자의 자리에 앉아 흐르는 땀을 닦았다.

"휴우, 덥다. 이렇게 더운데 저걸 언제 다 옮기냐?"

"제임스, 자네는 오늘 이곳에는 처음이지?"

"예, 그렇습니다. 형님."

"여기서 일을 하다 보면 자네도 더위에 익숙해질 걸세."

중년의 옆에는 그보다 조금 나이가 먹어 보이는 남자와 말을 나누고 있었다.

이때 급하게 뛰어오는 사람이 있었다.

"제임스, 자네 지금 부인이 진통이 시작되었다고 하니 어서 가 보게."

"아니, 갑자기 진통이라는 무슨 소리야? 진통이 오려면 다음 달이 되어야 하는데?"

제임스는 친구의 말에 의문스러운 눈빛을 하며 반문하였다.

"나도 자세히는 모르지만 확실히 진통이 시작되었다고 하니 어서 가 보게."

"그래, 여기 일은 걱정 말고 어서 가 봐."

주변의 사람들도 그렇게 권하니 제임스도 이상하지만 믿지 않을 수가 없었다.

"알겠습니다. 일단 집에 가 보고 오겠습니다."

제임스는 그렇게 집을 향해 달려갔다.

탁탁탁.

집을 향해 달려가는 제임스의 발은 눈에 보이지 않을 정도로 빠르게 움직이고 있었다.

집에 거의 도착한 제임스는 자신의 집에 아낙들이 있는 것을 보고는 친구의 말이 사실이라는 것을 느꼈다.

"아아악!"

"조금만 더 힘을 줘."

집 안에서는 아이를 낳기 위해 산모의 고통스러운 비명 소리가 들려왔다.

제임스는 아내의 비명 소리에 마음이 불안하기만 했다.

"어… 떻게 된 겁니까?"

"나도 모르지만 아이가 빨리 나오려고 하는 것 같아요."

옆집 여자의 말에 제임스는 마음이 더 불안해졌다.

초산이기도 하지만 아이가 정상적인 분만이 아니라는 말에 불안해진 것이다.

제임스가 그렇게 초조하게 기다리고 있을 때 안에서 드디어 아이의 울음소리가 터져 나왔다.

"응애, 응애."

아이의 울음소리는 주변을 환호하게 만들었다.

"제임스 씨 축하해요."

"그래요, 축하드려요."

"모두 감사합니다."

모여 있던 아낙들은 제임스에게 축하의 인사를 해 주었다.

제임스는 축하 인사에 건성으로 대답을 해 주었다.

제임스의 정신은 오로지 지금 안에 있는 아내와 아이의 걱정에 제정신이 아니었다.

덜커덕.

문이 열리며 안에서 노파가 나왔다.

마을의 유일한 산파였다.

"축하하네, 아들일세. 어서 들어가 보게."

"고맙습니다, 정말 고맙습니다."

제임스는 눈가에 눈물을 글썽이며 감사의 인사를 하고는 급히 안으로 들어갔다.

서서히 문을 열고 들어가니 안에는 초췌해진 얼굴을 하며 자신을 바라보고 있는 아내의 모습이 보였다.

제임스는 그런 아내의 얼굴을 보니 눈물이 핑 돌았다.

"고… 고맙소. 노라."

"아니에요. 당신의 아들이니 어서 와 보세요."

지금 시대에는 자식을 낳으면 부모가 이름을 바로 지어주는 풍습이 있었다.

제임스도 아내가 임신을 하자 아들과 딸의 이름을 미리 지어 두었다.

아들이면 브레인이었고, 딸이었으면 스잔이라고 지어 두었다.

제임스는 떨리는 가슴을 진정시키며 아내의 옆에 있는 작은 아이를 보았다.

아직 눈도 떠지지 않은 그런 모습이었지만 자신의 아들이라는 사실에 눈물이 나왔다.

제임스는 떨리는 손으로 아들의 얼굴을 조심스럽게 만져

보았다.

"아… 아들이구나. 나의 아들이구나……."

제임스의 목소리는 떨리고 있었다.

노라는 그런 남편을 보며 자신도 눈물이 났다.

노라도 제임스의 과거를 들어 알고 있어서였다.

자신을 만나 지금은 이렇게 살고 있지만 한때는 가문의 복수를 위해 미친 사람처럼 생활을 하던 사람이었다.

"제임스, 아들의 이름을 지어 주셔야지요."

노라의 말에 제임스는 흐르는 눈물을 소매를 훔치며 호탕하게 웃음을 지었다.

"하하하, 노라. 내가 이미 이름을 지어 두었소. 우리의 아들의 이름은 브레인이라고 지었다오."

"브레인… 브레인이라. 부르기 좋은 이름이네요, 제임스."

"하하하, 이제 우리 아들의 이름은 브레인이오. 브레인."

제임스는 아들의 모습에 세상에 부러울 것이 없었다.

혈혈단신으로 용병 생활을 하다가 이렇게 아내와 이제는 자식까지 생겼으니 제임스에게는 정말 이 행복이 깨어지지 않았으면 하는 바람이었다.

그러면서 자신이 복수를 부르짖으며 지내 온 지난날들이 떠올랐다.

제임스가 체이서가 죽고 혼자 살아남을 수 있었던 이유는 바로 지나가던 용병들에 의해서였다.

　상단의 호위 임무를 마치고 돌아가는 중에 기절한 제임스를 만나 거두어 주었기 때문이었다.

　정신을 차린 제임스는 자신을 살려 준 사람들이 용병들이라는 것을 알고는 아직은 자신의 나이가 어리니 복수를 위해서는 시간이 필요하다는 것을 느꼈다.

　'일단은 이들과 생활을 하면서 몸을 수련하며 지내자.'

　귀족이었던 제임스가 용병들과 생활하는 것은 그리 쉬운 일이 아니었지만, 제임스는 묵묵히 이를 참고 견디어 냈다.

　용병들과 생활을 하면서 용병들이 사용하는 실전 검술을 배우기는 했고, 가문의 검술도 익혔지만 마나 호흡법이 없으니 기사를 상대하기에는 자신의 힘이 너무나도 미약하기만 했다.

　십 년이라는 시간 동안 검술을 연마하였지만 마나 호흡법이 없는 검술로는 초보 기사도 상대를 하지 못한다는 것을 알게 되자 그 실망감에 죽고 싶은 마음이었다.

　"이렇게 살아서 무엇을 하나? 차라리 죽어 버리자."

　제임스는 그렇게 죽으려는 마음을 먹고 있을 때 자신을 지금까지 보살펴 준 용병 단장이 다가왔다.

용병 단장은 제임스가 어렸을 때부터 보살펴 주었기에 제임스의 사연을 알고 있었다.

"제임스, 지금은 죽고 싶은 마음이 들겠지만 무슨 일이 있어도 살아남아라. 복수는 꼭 너만 하는 것이 아니다. 가문의 복수는 대를 이어 하면 되니 자신이 안 되면 아들에게, 아들이 안 되면 또 그 자식에게 부탁하면 된다. 그러니 당장 죽고 싶어도 방법을 찾아라. 복수를 해 줄 수 있는 방법을 말이다."

용병 단장은 복수는 부질없는 짓이라고 해 주고 싶었지만 제임스의 눈빛을 보고 그렇게 하지 못했다.

복수에 미쳐 있는 놈에게 아무리 좋은 이야기를 해 주어도 듣지 않는 다는 것을 알고 있어서였다.

제임스는 단장의 말에 자신이 성급했다는 것을 깨달았다.

자신의 나이는 이제 열다섯이었다.

시간은 아직 많이 남아 있으니 방법을 찾으면 된다고 생각이 들었다.

"고맙습니다. 확실한 방법을 찾겠습니다. 단장님."

제임스는 반드시 마나 호흡법을 배워 실력을 키우겠다고 마음을 먹었다.

그 후로 제임스는 어린 나이로 용병 생활을 하며 마나 호흡법을 익히기 위해 많은 노력을 하였지만 자신이 원하는 복수를 하기 위해 필요한 마나 호흡법은 결국 얻지 못하고 있었다.

용병 생활이 십 년이 되어도 찾지 못한 마나 호흡법을 언제 찾을 것인가에 저절로 한숨을 쉬며 삶의 의욕을 잃고 술에 찌들어 하루하루를 살아가는 제임스에게 사랑이 찾아오게 되었고, 제임스는 지금의 아내인 노라의 끈질긴 노력으로 이제는 정상적인 생활을 하게 된 것이다.

어차피 마나 호흡법이 없이는 아무것도 할 수 없다는 것을 알고는 아내인 노라의 설득에 이곳 마을에 정착을 하게 되었다.

브레인이 태어난 지 십삼 년이 흘렀다.

포리 마을의 한 언덕에는 마을의 아이들이 모여 놀고 있었다.

"브레인, 오늘은 저기로 가 보자."

"저기는 어른들이 가지 말라고 하는 곳이잖아?"

"어른들이 가지 말라고 하지만 솔직히 궁금하지 않아?"

"피터 나는 가지 않을래, 위험한 곳에 가서 야단을 맞으면 나만 손해잖아."

아이들이 가자고 하는 곳은 포리 마을뿐만 아니라, 영지의 모든 마을에 영주가 직접 금지로 지정한 곳이었다.

계곡이 있는 곳에는 항상 자욱한 안개가 끼어 있어 처음에는 많은 사람들이 호기심에 들어갔지만 돌아오는 사람은 아무도 없었다.

처음에 계곡을 발견한 사람은 영지에 살고 있던 한 명의 사냥꾼이 발견을 하여 영주에게 보고를 하였다.

"영주님, 예전에는 없던 계곡이 나타났습니다."

"아니, 갑자기 무슨 계곡이 생겼다는 말인가?"

"예, 갑자기 계곡이 생겼다고 합니다."

가넨 영지를 다스리는 영주는 아주 현명하다고 소문난 세미르 자작이었다.

"당장 계곡을 확인하고 보고하라."

"예, 영주님."

계곡에 대한 확인을 하러 간 기사와 병사들은 아무도 돌아오지 않아 결국 영주가 직접 확인을 하기 위해 갔다.

세미르 자작은 계곡에 도착을 하여 기사들과 병사들이 사라진 이유에 대해 들었다.

"영주님, 저 안개 속으로 들어가면 나오지를 않습니다. 기사님과 병사들이 들어간 지가 벌써 일주일이나 되었는데도 말입니다."

계곡의 입구를 지키는 병사의 말에 세미르 자작은 안개에 무언가 자신이 모르는 문제가 있다는 것을 알았다.

그리고 가장 신기한 것은 갑자기 계곡이 생겼다는 이유였다.

'어떻게 저렇게 커다란 계곡이 갑자기 생길 수가 있다는

말인가?'

세미르 자작은 갑자기 생긴 계곡에 무언가 자신이 모르는 비밀이 있다고 보고 있었다.

기사들과 병사들도 안개 속으로 들어가는 것을 꺼리는지 영주의 눈치만 보고 있었다.

'일단 마법사를 초빙하여 계곡에 대해 조사를 해 봐야겠다. 혹시 저 안에 중요한 것이 있을 수도 있으니 말이야.'

세미르 자작은 계곡에 대해 조사를 하기로 마음을 먹었고, 바로 고서클의 마법사를 수배하였다.

하지만 헤이론 왕국에서도 고서클의 마법사는 많지 않아 구하는 일도 그리 쉬운 일이 아니었다.

자신이 보기에는 고서클의 마법사가 아니면 계곡의 비밀을 풀지 못할 것 같았다.

세미르 자작의 노력으로 고서클의 마법사를 구해 계곡에 대한 조사를 하라고 하였다.

"그대는 지금 당장 계곡에 대해 조사를 하시오."

"그렇게 하지요."

마법사는 영주인 세미르 자작과 함께 계곡이 있는 곳으로 갔다.

계곡에 도착한 마법사는 신기한 눈빛을 하며 안개를 보고 있었다.

"도대체 저 안개의 정체가 무엇이오?"

"저도 모르겠습니다. 다만 이상한 기운이 저 안개 속에 남아 있는 것 같습니다."

마법사는 안개에 비밀이 있다고 보았는지 자신의 마법을 이용하여 안개를 사라지게 하려는 노력을 하였지만 안개는 어떠한 마법에도 그대로 남아 있었다.

"영주님. 제가 안개 속으로 들어가 보겠습니다."

"아니, 기사들과 병사들도 안개 속으로 들어가 사라졌다는 말을 듣지 못했소?"

세미르 자작은 기겁을 하며 반대를 하였다.

마법사는 영주가 반대를 해도 안으로 들어갈 생각을 굳혔는지 세미르 자작의 눈을 보고 있었다.

한참의 시간이 그렇게 지나도 마법사의 마음이 변하지 않자 결국 세미르 자작이 허락을 하고 말았다.

"알았소. 하지만 위험하다고 생각되면 바로 나오겠다고 약속해 주시오."

"그렇게 하겠습니다. 영주님."

마법사는 당당하게 안개 속으로 들어갔고 그 후로 그를 만난 사람은 아무도 없었다.

당시 영주인 세미르 자작은 자신의 영지에 그런 곳이 있다는 사실을 모두에게 함구하라는 지시를 내렸었다.

"계곡의 일은 누구도 입을 열어서는 안 된다. 만약에 누구라도 이 비밀을 발설하게 되면 죽음으로 다스리겠다."

영지에 이상한 곳이 있다는 소문이 나게 되면 이는 자신의 영지에 좋지 않는 일이 발생할 것을 염려해서였다.

백 년 전에는 각국이 전쟁을 하고 있었던 상황이라 왕국의 치안도 그리 좋지 않았다. 자신들이 비밀을 밝히게 되면 영지의 영주가 바뀔 수도 있었기에 영지민들도 영주의 말을 따라 절대로 비밀을 지키기로 하였다.

"우리는 절대 말을 하지 말자고."

"당연하지 우리 영주님 같은 분을 세상에 어디 있는가."

세미르 자작은 그 당시 선정을 베푸는 영주로 영지민들에게 가장 좋은 영주라는 칭송을 듣고 있었기에 사람들도 그런 영주를 잃고 싶지는 않았다.

자신들에게 잘해 주는 영주를 만나기가 하늘의 별따기보다 힘들다는 것을 모르는 영지민들은 없었기 때문이다.

영지에 사는 사람들은 계곡에 대한 이야기를 하는 것 자체가 금기로 여겨져 아무도 계곡에 대한 이야기는 하지 않았지만 시간이 지나면서 금지라는 말보다는 위험한 곳이라는 인식을 가지게 되었다.

계곡과 가장 가까운 마을이 바로 브레인이 살고 있는 포리 마을이었고, 마을의 아이들에게 계곡으로 가는 것이 하나의 용기를 실험하는 곳으로 인식이 되고 있었다.

"브레인, 계곡이 위험하다는 이야기는 하지만 실지로 그곳에 간 사람은 아무도 없잖아. 그러니 우리도 한 번 가 보자."

브레인과 친구로 지내는 엔더슨이 호기심이 어린 눈으로 브레인을 보며 말을 하였다.

브레인은 친구들 중에 가장 덩치가 커서 그런지 은연중에 대장으로 아이들에게는 인식이 되어 있었다.

"그래도 어른들이 가지 말라고 하는 곳인데 우리가 약속을 어기면 안 되잖아."

"브레인, 그러지 말고 모두에게는 비밀로 하고 조용히 갔다 와 보자."

피터는 유달리 호기심이 강한 아이였다.

평소에도 궁금함이 생기면 절대 참지 못하는 성격이었다.

브레인은 그런 피터의 얼굴을 보고는 찬성할 수밖에 없었다.

"좋아, 그러면 조용히 갔다 오는 것으로 하자. 대신에 이 일은 모두들 비밀로 해야 한다."

"걱정하지 말고 가자."

"우리도 절대 비밀로 할게."

아이들은 이름 모를 계곡을 향해 가기로 결정을 하고 열심히 걸음을 재촉했다.

계곡의 입구에는 사람들이 출입을 하지 못하게 나무를 이용하여 입구를 봉쇄해 놓았다.

하지만 세월이 흐르니 나무도 썩어서 아이들이 들어가기에는 문제가 없는 구멍이 여기저기 생겼다.

그 안에는 사시사철 안개가 끼어 있어 손을 잡고 가기 전에는 옆에 누가 있는지도 모를 정도로 시야가 보이지 않는 곳이었다.

나무 장벽을 들어가자 브레인이 선두에 서고 피터가 브레인의 뒤에 서자 아이들은 그 옆으로 자리를 정하고 있었다.

"여기는 너무 안개가 많아 눈이 보이지 않는데 우리가 가도 될까?"

브레인은 약간 걱정스러운 얼굴을 하며 아이들에게 말을 하였다.

"일단 안에 가 보고 아니면 돌아오자."

피터는 위험이라는 것을 느끼지 못하는지 호기롭게 외쳤다.

엔더슨도 그런 피터와 같은 생각인지 눈에 무서움보다는 호기심이 더 많았다.

"나도 피터와 같은 생각이야. 일단 안에 들어가서 이상하다고 생각되면 바로 나오도록 하자."

"모두들 같은 생각이야?"

브레인의 최종적인 말에 아이들은 고개를 끄덕이는 것으로 대답을 대신하였다.

여기서 무섭다고 가지 않겠다고 하면 평생 겁쟁이라는 별명이 붙게 되니 아이들도 반대를 하지 않고 있었다.

"자, 내가 먼저 들어가고 피터와 다른 애들은 뒤를 따라온다. 혹시 길을 잃어도 무서워 말고 고함을 치고 있으면 내가 그리로 갈게 알았지?"

"알았어. 브레인."

브레인은 아이들의 대답과 동시에 안개가 자욱한 안으로 진입하였다.

아이들도 브레인의 말에 약간은 안심이 되는지 조금은 분위기가 밝아졌다.

피터나 엔더슨을 빼고 다른 아이들은 사실 불안하기만 했다.

브레인을 포함한 여섯의 친구는 그렇게 안개 속으로 사라지고 있었다.

브레인은 안개 속을 걸으면서 조금 이상하다는 느낌을 받고 있었다.

"여기는 다른 곳과는 조금 다른 것 같은데?"

브레인은 태어나면서 다른 사람보다는 주변의 마나를 잘 느끼는 체질이었다.

다만 본인이 이상하게 생각은 하지만 아직 아무에게도 말을 하지 않아 가족들도 그런 브레인의 특이 체질에 대해서는 모르고 있었다.

브레인이 한참을 걸어가니 안개가 서서히 옅어지는 것을 느꼈다.

"음, 아까 보다는 눈에 보이는 것이 선명해지고 있는 것을 보니 조금만 더 가면 안개가 없을지도 모르겠다."

브레인은 안개 때문에 친구들과 헤어질 수도 있다는 생각은 하지 않고 계속해서 걸었다.

친구들은 뒤에 당연히 따라올 것이라고 믿고 있었다.

브레인의 생각과는 다르게 피터와 함께 브레인의 뒤를 따르던 친구들은 다른 곳으로 이동을 하고 있는 중이었다.

안개 속에서는 방향감각을 찾을 수 없어서 벌어진 일이었다.

피터는 신기한 눈빛을 하며 주변을 살피고 있었지만 다른 친구들은 그렇지가 않았다.

"피터, 브레인은 어디에 있는 거지?"

"아직 안개가 많아서 서로가 있는 곳을 몰라, 조금만 가면 안개가 없어질 것 같으니 조금만 더 기다려 봐. 그리고 이상하면 고함을 치면 되잖아."

"응, 알았어."

친구들은 서로 손을 꼭 잡고 있으니 조금 불안감도 덜한 것을 느꼈다.

하지만 자신들이 지금 무슨 상황에 처해 있는지를 자각하지 못하고 있다는 것이 문제였다.

피터는 계속해서 앞으로 전진을 하고 있었고, 그 뒤로 엔더슨이 피터의 옷깃을 잡고 이동을 하고 있는 중이었다.

한참의 시간이 지나자 서서히 안개가 사라지는 지역에 도착을 하는 아이들이었다.

"야! 이제 안개가 사라지는 것 같아."

"그러네, 안개가 없어지면 브레인을 찾을 수도 있겠네."

아이들은 브레인을 찾을 수 있다는 생각에 안색이 밝아졌다.

안개 속을 벗어나자 아이들의 눈에 보이는 풍경은 이들이 생각지도 못한 곳이었다.

"헉! 저건 뭐야?"

"나도 몰라. 히잉, 무서워!"

아이들은 눈앞에 보이는 광경 때문에 겁이 나기 시작했다.

아이들의 눈앞에는 거대한 동굴의 입구가 보였다.

안개가 끝나는 지점이 바로 동굴로 들어가는 입구였고, 그 안은 어둠에 의해 한 치 앞도 볼 수 없는 곳이었다.

어둠은 근본적으로 인간에게 공포심을 주는 것이라 아이들에게도 공포심을 유발시키고 있었다.

"피터 브레인은 어디 있는 걸까?"

엔더슨은 브레인을 먼저 찾아야 한다는 생각에 무서움을 이기고 말을 걸었다.

피터는 왕성한 호기심으로 인해 겁이 없었던 아이였다.

"어? 진짜 브레인이 안 보이네?"

피터도 브레인이 이곳으로 먼저 와서 기다릴 것으로 생각하였는데 보이지 않자 이상하게 생각하였다.

"피터, 우리 고함을 쳐서 브레인을 부르자. 그러면 우리의 고함 소리를 듣고 찾아올지도 모르잖아."

"그러자 하나, 둘, 셋 하면 함께 브레인 하고 외치자."

"응, 그러자."

"자, 하나, 둘, 셋! 브레인~"

"브레인 어디에 있니?"

"브레인 우리 여기 있어."

브레인을 빼고 다섯의 친구는 브레인을 한참 동안 외쳤지만 아무런 반응이 없자 무서움은 더욱 가중되었다.

자신들이 와 있는 곳은 마을에서도 가지 말라고 하는 위험지역이라는 생각이 들어서였다.

"피… 피터, 브레인이 호… 혹시 브레인이 위험한 것은 아닐까?"

엔더슨도 두려운 생각에 저절로 말이 떨리고 있었다.

하지만 그런 마음은 피터도 마찬가지였다.

"엔더슨, 우리 브레인을 더 불러 보자. 브레인의 우리들의 대장이니 위험하지는 않을 거야."

피터는 자신도 두렵지만 친구들이 무서워하는 것을 보자 자신이라도 용기를 내야 한다고 생각했다.

"그래, 브레인을 찾아야 우리도 돌아가지."

친구들은 다시 브레인을 크게 불렀지만 역시 아무런 반응이 없기는 마찬가지였다.

한참의 시간이 지나도 아무런 반응이 없자 피터와 친구들은 무서운 생각이 들었다.

"우… 우리 돌아가자. 가서 어른들을 모시고 오자."

엔더슨은 무서움에 돌아가서 혼나는 것도 잊고 있었다.

"그… 그래, 엔더슨의 말대로 돌아가자. 여기는 너무 무서워."

친구들이 돌아가자는 말을 하자 피터는 입술을 깨물었다.

"우리가 여기서 돌아가면 브레인은 죽을지도 몰라. 그러니 브레인을 먼저 찾아보자."

피터의 말에 엔더슨도 고개를 끄덕였다.

피터는 동굴 속으로 들어갈 용기는 없었는지 친구들에게 들어가자는 말은 하지 못하고 있었다.

친구들이 그렇게 동굴의 입구에서 서성이고 있을 때 브레인은 이상한 곳에 도착해 있었다.

안개가 사라진 곳에 도착을 하니 작은 움막이 자신을 기다리고 있는 것처럼 느껴져 신기한 생각이 드는 브레인이었다.

"저기 있는 집은 누가 사는 집이지?"

브레인은 친구들이 자신을 따라오지 않았다는 생각은 하지도 못하고 눈앞에 있는 집에 대한 호기심에 마음을 빼앗

겼다.

브레인은 집이 있는 곳으로 천천히 이동을 하였고, 집의 입구에 도착을 하자 안에 사람이 있는지 확인하기 위해 목소리도 크게 불렀다.

"안에 누가 계십니까?"

브레인은 자신이 크게 불렀는데도 아무런 대답이 없는 것을 보고는 안에 아무도 살지 않는 집일지도 모른다는 생각이 들었다.

"이런 곳에 집이 있다는 것은 아마도 예전에 누가 살다가 이사를 간 것 같구나."

삐이익!

문이 오래되었는지 괴기스러운 소리를 내며 열렸다.

안에는 오랫동안 아무도 살지 않는지 먼지가 가득한 모습이었다.

"역시 내 예상대로 아무도 살지 않는 빈집이었구나."

브레인이 보기에 집은 사람이 살지 않은지 아주 오랜 세월이 흐른 것 같았다.

아니면 이렇게 먼지가 많이 쌓여 있지는 않았을 것이라고 생각했다.

"그런데 여기서 어떻게 살았을까?"

브레인은 이런 집에서 살았던 사람들이 누구인지가 궁금해졌다.

브레인은 집 안에 다른 것이 없는지 천천히 조사를 하였지만 안에는 아무것도 남아 있는 물건은 없었다.

말 그대로 텅 비어 있는 그런 집이었다.

"이사를 갈 때 전부 가지고 갔나?"

보통은 이사를 가면 지저분한 물건들은 두고 가는데, 이 집은 그런 물건도 없는 것을 보면 아마도 상당히 가난한 사람이 살았던 것 같았다.

뿌지직!

브레인이 그렇게 생각을 하며 다시 나오려고 할 때 발밑에 무언가 부서지는 소리가 나면서 자신의 발아 거기에 끼어 버렸다.

"아야! 이런, 집이 워낙에 낡아 그냥 걸음을 걸어도 부서지는구나. 일단 나가야겠다."

브레인은 바닥에 끼인 발을 빼려고 바닥을 보게 되었다.

발이 끼인 밑에는 이미 부서졌지만 무언가 반짝이는 물건이 있었다.

브레인은 반짝이는 물건이 있는 것을 보고는 무언가 건졌다고 생각을 하고 바로 주웠다.

"어? 이거 반지 아나?"

브레인은 반지가 눈에 보이자 이내 무너지지 않게 조심스럽게 발을 빼고는 반지를 집어 들었다.

브레인은 반지를 들고는 신기한 눈으로 반지를 요리조리

살펴보았다.

반지는 그냥 검은빛을 띠는 평범한 반지 같아 보였다.

무엇으로 만들어진 것인지는 모르지만 눈으로 보기에는 그리 비싸 보이는 물건은 아닌 것 같았다.

"흠, 여기 와서 얻은 것이라고는 이 반지가 전부인가?"

브레인은 반지라도 건진 것이 어디냐는 생각에 입가에 미소를 지었다.

그리고 자신이 손가락에 살짝 끼어 보았다.

반지는 브레인의 손가락에 딱 맞을 정도의 크기였다.

브레인은 자신의 손가락에 반지가 맞아서인지 흐뭇한 기분이 되었다.

"좋았어. 이제 너는 나의 보물 일호로 지정을 해 주지."

역시 아이들이 생각하는 것은 단순한 것인지 반지를 공짜로 얻으니 바로 보물이 되었다.

브레인은 집을 나와 주변을 살펴보았지만 아무것도 없는 장소라는 것을 알았다.

그러다가 갑자기 자신의 뒤를 따라오기로 한 친구들이 생각났다.

"어? 나를 따라오기로 해 놓고는 왜 아직도 오지 않는 거지?"

브레인은 친구들이 아직도 자신을 따라오지 않았다는 것을 알게 되었다.

친구들이 없는 것을 알게 된 브레인은 급히 친구들의 이름을 부르기 시작했다.

"케리, 피터, 알렉스, 엔더슨, 카알, 모두 어디에 있니?"

브레인은 친구들의 이름을 커다랗게 불렀지만 아무도 대답을 하는 사람은 없었다.

그제야 브레인은 눈동자 흔들리고 있는 것이 겁도 나고 걱정도 되는 모양이었다.

아무래도 자신을 따라오기로 한 친구들은 다른 곳으로 간 것이라는 생각이 든 브레인은 황급히 안개 속으로 돌아갔다.

"나와는 다른 방향으로 간 것 같으니 일단 나가서 친구들을 찾아보자."

브레인은 다시 안개 속으로 발걸음을 옮기며 친구들의 이름을 불렀다.

"피터, 엔더슨, 카알, 케리, 알렉스, 어디에 있니? 대답을 해 봐."

브레인은 목이 터져라 친구들의 이름을 부르며 찾았지만 아무도 대답이 없었다.

그러다가 서서히 안개가 사라지는 공간으로 다시 들어가게 되었는데 그 공간은 친구들이 들어갔던 장소였다.

브레인은 그 안으로 들어가니 어린아이의 발자국이 있는

것을 보고는 친구들의 것이라는 확신이 들었다.

그 안에는 다른 것은 없고 오로지 동굴밖에는 없었기에 브레인은 망설임이 없이 동굴 안으로 진입을 하였다.

"피터, 엔더슨, 카알, 케리, 알렉스, 그 안에 있는 거야?"

브레인은 소리를 치며 동굴 안으로 들어갔지만 어두운 곳이라 빠르게 들어갈 수는 없었다.

결국 브레인은 천천히 조심스럽게 안으로 진입을 하기 시작하였다.

동굴의 안으로 천천히 걸어가는 브레인의 눈에 서서히 동굴의 윤곽이 보이기 시작했다.

"아니, 애들은 어디로 간 거야? 에잇!"

브레인은 친구들을 생각하니 화가 났다.

화가 나 발밑에 돌 같은 물건을 걷어찼다.

탁!

화아악!

브레인이 걷어찬 돌이 무언가를 건드렸는지 갑자기 주변이 환해지는 불빛이 생겼다.

"헉! 이게 무슨 일이냐?"

브레인은 갑자기 환해지는 것을 보고는 깜짝 놀랐다.

놀란 가슴을 진정시킨 브레인은 주변의 상황을 다시 보게 되었다.

자신이 보고 있는 주변에는 수많은 사람들의 해골이 쌓여 있었다.

"으아악!"

브레인은 해골들을 보고는 그만 비명을 지르고 말았다.

아직 브레인이 감당하기에는 너무나도 공포스러운 광경이었기 때문이다.

브레인이 비명을 지르며 눈을 감았지만 아무런 반응이 없자, 용기를 내어 다시 살며시 눈을 떠서 살펴보았다.

해골들은 이미 죽은 사람들의 뼈라는 것을 알게 된 브레인은 혼자 무서워했다고 생각이 들었다.

"참나, 친구들이 있었다면 겁쟁이라고 놀렸겠다. 그런데 여기에는 왜 이렇게 많은 사람들이 죽어 있는 것이지?"

브레인은 이상하게 생각하며 죽은 사람들을 보게 되었다.

처음에는 몰랐는데 자세히 보니 기사들과 병사들의 갑옷, 검들이 주변에 있는 것을 보게 되었다.

브레인은 호기심에 검과 갑옷을 주어 들었는데 생각보다는 가볍다는 느낌이 들었다.

"어? 이거 엄청 가볍네?"

브레인이 알고 있는 상식으로는 갑옷과 검은 무게가 제법 나가 자신들이 들기에는 무리라고 들어서였다.

브레인은 그렇게 주변을 확인하다 기사들처럼 보이는 뼈들 중에 가운데 있는 뼈가 보였다.

"흠, 저기 있는 뼈가 제일 높은 사람이었겠다."

브레인은 그렇게 생각하고 그리로 발걸음을 옮겼다.

가운데에 있는 뼈에는 갑옷과 검, 그리고 조금한 주머니가 놓여 있었다.

브레인은 작은 주머니를 보고는 혹시 금화가 있을지도 모른다는 생각이 들어 주머니를 들었다.

"여기에 만약에 금화가 있으면 정말 횡재를 하는 것인데."

브레인은 그렇게 생각하고는 바로 주머니를 열어 안으로 손을 넣어서 내용물을 꺼내려고 하였다.

그런데 주머니에 들어간 손이 한없이 들어가는 것이 아닌가?

"헉! 이렇게 작은 주머니에 어떻게 손이 다 들어가지?"

브레인은 신기하기만 한 주머니에 빠져 한동안 정신없이 주머니에 손을 넣고 빼고를 반복하고 있었다.

어느 정도 시간이 지나자 브레인은 정신이 들었는지 주변을 다시 살피기 시작했다.

무언가 다른 것이 있는지 확인하기 위해서였다.

한쪽에는 이상하게도 주변에 다른 뼈가 없고 지팡이와 로브만 놓여 있었다.

"혹시, 이거 마법사들이 사용한다는 지팡이 아냐?"

브레인은 마법사에 대한 말만 들었기에 가지는 생각이었다.

한참을 구경한 브레인은 친구들이 생각나자 일단 주변에서 가장 비싸 보이는 가운데 있던 갑옷과 검을 들고 나가려고 하였다.

"아냐, 친구들이 이거를 보면 아마도 문제가 될 수도 있으니 무슨 좋은 방법이 없을까?"

브레인은 그렇게 생각하다가 갑자기 주머니가 생각났다.

자신의 팔이 한없이 들어가는 것을 보면 아마도 이런 물건도 충분히 넣을 수 있다고 생각하고 주머니를 열어 안에 검과 갑옷을 집어넣었다.

작은 주머니에 검과 갑옷을 넣었는데도 이상하게 무게가 전혀 느껴지지 않았기에 브레인은 주변에 있는 것들도 넣어보았지만 무게는 느껴지지 않았다.

"이야, 이거 대단한 물건인데, 그러면 여기에 있는 것들은 모두 넣어서 나가자."

브레인은 그렇게 결정을 하고는 바로 주변에 있는 모든 무기들과 갑옷들을 집어넣었다.

한참의 시간 동안 노동력을 투자한 브레인은 모든 물건들을 주머니에 넣을 수가 있었다.

씨익!

"흐흐흐, 이제 나는 부자가 되겠지. 이 정도의 고물이라면 충분히 비싸게 팔 수 있을 거야."

브레인은 고물을 많이 주어 기분이 좋았다.

브레인은 모르지만 지금 브레인이 있는 곳은 바로 고대 제국의 황태자와 기사들, 그리고 마법사와 병사들이 있는 곳이었다.

고대 제국에는 검에 소량의 미스릴을 섞어 검을 제작하였기 때문에 검의 무게가 많이 나가지 않았다.

그런 대단한 검과 갑옷을 고물로 취급하고 있으니, 아마도 죽은 황태자가 이 사실을 알았다면 피를 토하고 통곡을 할 일이었다.

브레인은 작은 주머니를 품에 잘 감추고는 빠르게 동굴의 입구로 나갔다.

이제 친구들을 찾아야 하기 때문이었다.

브레인이 안개 속으로 열심히 걸으면서 친구들을 불렀지만 아무 대답이 없어 걱정이 되는 얼굴을 하며 계곡의 입구로 나오고 있을 때, 입구에서는 아이들이 이미 자신을 기다리고 있었다.

"브레인!"

"얼마나 찾았는지 알아?"

친구들의 걱정스러운 눈빛에 브레인은 조금 미안한 마음이 들어 바로 사과를 하였다.

"미안하다. 나도 너희들을 찾았지만 찾을 수가 없었다."

친구들도 안개 속에서는 상대에게 소리 전달이 안 된다는 것을 알고 있었다.

자신들이 직접 경험하였기 때문이었다.

"모두 무사하니 빨리 돌아가자."

"그러자."

친구들과 브레인은 급히 집으로 돌아가기 위해 가려는데 갑자기 뒤에서 엄청난 굉음이 터졌다.

꾸르르릉 꽝!

우르르르 꽝!

계곡 전체를 울리는 굉음에 아이들은 기겁을 하고는 뛰었다.

"빨리 도망가자."

"어서 가자."

아이들은 계곡이 무너지는 것을 보고는 빠르게 도망을 갔다.

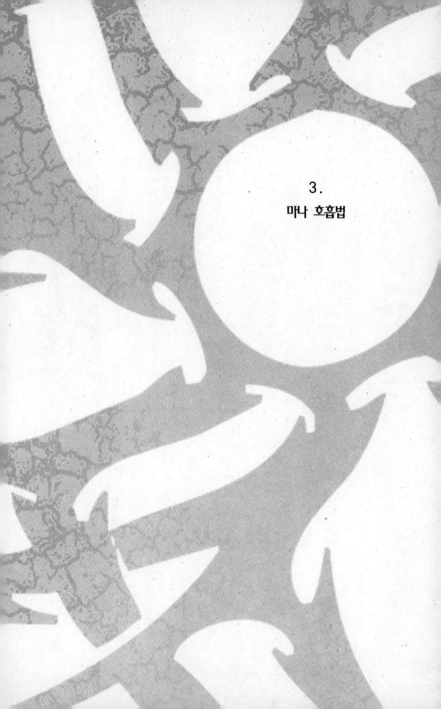

3.
마나 호흡법

브레인은 집으로 돌아오자 자신이 얻은 주머니는 침대 밑에 숨겨 두었다.

저녁을 먹은 후에 조용히 확인을 해 보기 위해서였다.

브레인은 씻으면서도 무엇이 그리 좋은지 헤실헤실 웃고 있었다.

"브레인 무슨 좋은 일이 있는 거니?"

"아니에요, 엄마."

엄마인 노라는 브레인의 얼굴을 보고 수상하다는 표정을 지었다.

"엄마는 아들이 엄마를 속이는 것이 세상에서 가장 싫다."

엄마의 말에 브레인은 찔끔하였지만 주머니의 일은 절대 비밀이었다.

계곡이 무너진 사실은 금방 어른들이 알게 되니 친구들과 계고에 갔다는 사실은 절대 비밀로 하였기 때문이다.

"엄마, 친구들과 비밀로 약속을 해서 저도 어쩔 수 없어요. 그렇다고 엄마를 속이는 것은 없어요."

브레인의 말에 노라는 입가에 미소를 지으며 말을 해 주었다.

"호호호, 브레인이 친구들과 약속을 하였다면 엄마도 양보를 하마. 하지만 다음에는 엄마에게 말을 해 주어야 한다."

"예! 엄마."

브레인은 엄마의 말에 크게 대답을 하였다.

이때 문이 열리면서 소리가 들렸다.

"아빠 왔다. 브레인."

"수고 하셨어요. 제임스."

"아빠 다녀오셨어요."

아내와 아들이 인사를 해 주자 제임스는 기분 좋은 미소를 지었다.

"노라, 오늘 저녁은 무엇이오?"

"호호, 당신 좋아하는 고기예요."

제임스는 이상하게 고기에 집착이 심했다.

그래도 매끼마다 찾는 것은 아니라 그나마 다행이었다.

"정말 고기가 있소?"

"그럼요."

노라는 남편인 제임스가 이상하게 고기에 집착을 하는 이유를 몰랐다.

제임스는 용병 생활을 하면서 고기에 대한 안 좋은 기억이 있어 먹지 않았는데, 이제 아내를 만나 고기에 대한 맛을 알게 되어 끼니때마다 찾았다.

제임스와 가족들은 즐거운 식사를 마쳤고 브레인은 자신의 방으로 갔다.

부모님들은 차를 마시고 있겠지만 브레인은 차를 마시지 않았다.

방에 들어온 브레인은 빠르게 문을 잠그고 침대 밑에 있는 주머니를 꺼냈다.

"흐흐흐, 나의 보물이 무엇인지를 확인해야지."

급한 마음에 브레인이 손을 넣어 물건을 꺼내려고 하였는데 주머니에 손을 넣자 브레인의 머릿속에 이상한 물건들이 떠오르는 것이 아닌가?

"어? 전에는 이런 일이 없었는데?"

브레인은 갑자기 이상한 내용이 머리에 떠오르자 갑자기 불안해졌다.

브레인은 모르지만 계곡의 안에는 마나가 동결이 되어

있어서 마법 주머니 속의 물건이 떠오르지 않은 것이다.

마법 주머니도 마나가 있어야 내용물이 떠오르게 되어 있었기 때문이다.

브레인은 신기하게 머리에 떠오르는 물건들을 보며 요상한 표정을 지었다.

주머니 안에는 브레인이 알지도 못하는 물건들이 많이 있었다.

그중에는 책들도 있어 브레인은 일단 책을 먼저 보아야겠다고 생각했다.

"책을 먼저 보자. 혹시 그 안에 내가 얻은 것들에 대한 내용이 있을지도 모르니 말이야."

브레인은 그렇게 생각하고 책의 내용을 생각하니 신기하게도 손에 책이 잡히는 것이 아닌가.

책이 잡히자 빠르게 책들을 모두 꺼냈다.

그런데 책을 꺼내자마자 브레인은 바로 실망을 하고 말았다.

책의 표지에 써져 있는 글은 자신도 모르는 글이었기 때문이다.

"이런 알지도 못하는 글이잖아."

브레인은 실망을 하고는 바로 책을 다시 집어넣었다.

그러다가 갑자기 좋은 생각이 떠올랐다.

주머니 안에서는 내용물의 대한 것들이 머리에 떠오르는

것을 생각하고 책의 내용도 읽을 수 있을 것이라는 기발한 상상을 하게 되었다.

브레인은 자신의 생각대로 되는지 빠르게 책을 주머니 속에 넣고 책의 제목을 생각하니 이내 제목을 읽을 수 있게 되었다.

"역시, 가능한 일이었어."

브레인은 자신의 생각이 맞자 바로 책의 내용들을 읽기 시작했다.

가장 먼저 읽게 된 책은 바로 근위병사들이 익히는 마나 호흡법이었다.

고대 제국에는 병사들이 익히는 것과 기사들이 익히는 것이 있었고, 제국의 황실에서 익히는 호흡법이 따로 있었다.

브레인이 아직은 나이가 어려 마나 호흡법에 대한 가치를 모르고 있어 그렇지 자신이 가지고 있는 것들이 얼마나 대단한 보물들인지를 알게 되면 대륙이 달라질 수도 있는 문제였다.

"이거는 검술에 대한 것이구나. 아빠가 가끔 하는 것과는 많이 다르네?"

브레인도 제임스가 가끔 몸을 푼다고 검을 휘두르는 것을 보았지만 자신이 지금 보고 있는 것과는 많이 달라 보였다.

브레인은 이 책은 자신보다는 아빠에게 도움이 될 것 같아 일단 빼 두었다.

아빠에게 드리려는 마음에서였다.

그리고 다른 책을 보려고 제목을 읽었는데 다음 책은 바로 하나의 일기장이었다.

"이거다. 이거를 읽으면 알 수 있을 거야."

브레인은 일기장의 내용을 읽기 시작했다.

나는 카린스 제국의 황태자이다. 우리 제국과 대륙 연합군은 흑마법사들과 최후의 일전을 벌이기 위해 제국이 자랑하는 시간의 마법을 설치하였으니, 흑마법사들이 이를 알고 역마법진을 설치하여 일어나는 부작용 때문에 결국 우리와 흑마법사는 모두 마법진에 갇히고 말았다.

마법진의 안에는 마나가 없는 기이한 현상이 생겼고 우리가 지정한 시간과는 다르게 흐르고 있다는 것을 알게 되어, 제국의 대마법사와 연합군의 모든 마법사들이 모여 방법을 찾았으나 결국 방법은 찾을 수가 없었다.

일기장에는 동굴에서 죽을 수밖에 없었던 사유에 대해 아주 자세히 적혀 있었다.

브레인은 고대 제국이라는 곳에 대한 궁금증이 생겼다.

"내일은 아빠에게 물어보아야겠다."

브레인은 그렇게 생각하고는 바로 잠을 잤다.

브레인이 잠이 든 시각 손가락에 낀 반지에서는 은은한 빛이 나고 있었다.

아주 미약하여 자세히 보지 않으면 알 수가 없을 정도로 약한 빛이었다.

브레인은 아침에 일어나자 바로 아빠를 찾았다.

고대 제국에 대한 질문을 하기 위해서였다.

"아빠!"

"무슨 일이냐?"

"아빠, 혹시 고대 제국에 대해서 알아요?"

제임스는 용병 생활을 하면서 고대 제국에 대해서 들은 이야기가 있어 알고 있었다.

"아니, 고대 제국에 대해서는 어디 들었냐?"

"친구들과 이야기를 하는 중에 나와서 그래요."

브레인은 의심을 사지 않게 친구들을 팔았다.

제임스는 아무 의심 없이 자신이 알고 있는 고대 제국에 대해 모두 이야기를 해 주었다.

한참의 시간이 지나도록 이야기를 들은 브레인이 다시 질문을 하였다.

"아빠, 마나 호흡법이 모예요?"

마나 호흡법이란 소리에 제임스의 눈빛이 날카롭게 변했다.

제임스는 평생을 복수를 위해 마나 호흡법을 찾아다녔기 때문이다.

잠시 가슴이 뛰는 것을 진정시킨 제임스는 아들인 브레인을 보며 설명을 해 주었다.

"브레인. 마나 호흡법이란 기사들이 익히는 마나를 사용하게 해 주는 방법이란다. 마나 호흡법이 없이는 절대 기사가 될 수 없단다."

제임스는 그 외에도 알고 있는 부분에 대해서 자세히 설명을 해 주었다.

한참의 설명을 들은 브레인은 고개를 끄덕이며 알겠다는 표정을 지었다.

브레인은 자신의 품에 있는 책이 마나 호흡법이라는 사실을 알게 되자 책의 내용을 읽어 다시 아는 글로 적어 아빠에게 주어야겠다고 생각했다.

'아빠는 아직 마나 호흡법을 익히지 않았다고 하니 이 책의 내용을 읽어 그대로 적어서 드려야겠다.'

브레인의 이런 생각이 앞으로 자신의 앞날에 얼마나 많은 변화를 가지고 올지를 지금은 모르고 있었다.

지금 시대에 사용하는 마나 호흡법은 모두 고대 제국의 일반인들이 사용하던 것을 얻어 약간의 개량을 한 것이었다.

그러니 브레인이 가지고 있는 마나 호흡법이 얼마나 대

단한 것인지는 알 수가 있는 일이었다.

하루 종일 나가지도 않고 무언가를 열심히 적고 있는 브레인이었다.

"어휴, 이거 정말 힘 드는 작업이구나. 이제는 손가락에 마비가 오는 것 같네."

브레인은 오전 내 근위병사들이 익히는 마나 호흡법을 적고 있었다.

책의 내용에는 마나 호흡법과 검술, 그리고 체술과 창술, 궁술에 대한 것들이 있어 그 내용만으로도 상당한 양이었다.

고대 제국과 지금 사용하는 문자가 달라 브레인이 마법 주머니를 이용하여 안의 내용을 기억하고 다시 다른 종이에 옮겨 적는 일이었지만 그 일도 쉬운 일이 아니었다.

"아빠에게 이거를 드리면 상당히 좋아하실 거야. 그런데 이거를 어떻게 얻었다고 해야 하지?"

브레인은 고민이 되었다.

거짓말을 하자니 마음이 편하지 않았고 진실을 말하자니 계곡으로 간 사실을 알려야 했다.

한참의 시간을 고민을 하던 브레인이 무언가 떠오른 것이 있는지 입가에 미소를 지었다.

"흐흐흐, 이 방법을 사용하면 아빠도 어쩔 수 없을 거야."

무슨 방법이 생각났는지는 모르지만 브레인이 만족한 미소를 지었다.

브레인은 남아 있는 내용을 다시 열심히 적어 나갔다.

제임스와 노라는 어려서부터 브레인이 글을 배워야 한다고 하며 최대한 쉽게 배우도록 해 주었다.

그 결과가 지금 브레인이 글을 읽고 쓰는 것은 간단하게 할 수 있게 되었다.

브레인은 힘들지만 아빠에게 무언가 도움이 된다는 생각에 참으면서 글을 적어 나갔다.

한 가지 브레인이 실수를 하고 있는 부분이 있었으니 바로 종이였다.

현 시대에는 종이를 사용하는 곳이 없었다.

종이는 고대 제국에서나 사용하던 귀한 물건이었고 지금은 그런 종이를 만드는 기술이 사라져 대륙의 모든 사람들이 양피지를 사용하고 있다는 것을 브레인이 모르고 있었다.

저녁의 시간이 되자 제임스는 즐거운 마음으로 귀가를 하고 있었다.

"브레인, 아빠 왔다."

제임스는 언제나 아내인 노라를 찾지 않고 아들의 이름을 부르며 들어왔다.

"다녀오셨어요. 아빠."

"그래, 엄마는?"

항상 자신보다 먼저 와서 인사를 해 주던 아내가 안 보이자 묻는 제임스였다.

"엄마는 옆집에 갔어요."

브레인의 말에 제임스는 무언가를 빌리러 갔다는 것을 알았다.

"그래, 브레인 오늘은 재미있게 놀았느냐?"

"그냥 그랬어요."

브레인의 대답에 제임스는 빙긋이 웃음을 지었다.

제임스는 브레인이 무슨 말을 하든지 항상 웃음으로 대해 주었다.

그런 아빠를 브레인도 좋아하고 있었다.

부자간의 대화가 비록 단순하기는 하지만 대화보다는 눈빛에 사랑이 넘쳐 있었다.

"참! 아빠. 여기 이거 좀 봐 주세요."

브레인은 자신이 하루 종일 고생을 하며 적은 종이를 잘 묶어 책을 만들었다.

순서가 틀리면 곤란하기 때문이었다.

제임스는 브레인이 주는 책을 보다가 갑자기 얼굴이 심각하게 변하고 있었다.

책의 제목에 근위군의 호흡법과 검술이라고 적혀 있어서였다.

그리고 책을 받아 내용을 보며 자신이 들고 있는 물건이 현시대의 물건이 아니라는 것을 알았다.

제임스는 책을 덮고 브레인을 보며 입을 열었다.

"브레인. 아빠는 브레인이 하는 말은 모두 믿을 것이니 이제 책에 대한 이야기해 주지 않겠니?"

브레인은 아빠의 눈을 보니 준비를 한 거짓말을 도저히 할 수가 없었다.

속으로 계속 안 된다고 외치고 있었지만 아빠의 눈빛에 이실직고를 하고 말았다.

"사실은 무너진 계곡에 친구들과 함께 다녀온 적이 있었 어요."

브레인은 계곡에 다녀온 사실을 모두 말하였고 그 안에 서 지금의 책을 얻었다고 하며 사실과는 조금 다르지만 거 의 진실을 이야기해 주었다.

마법 주머니에 대한 것은 절대 비밀이었기에 말을 하지 는 않았다.

단지 책을 손으로 잡으니 자신도 모르게 머릿속에 기억 이 되어 남아 있게 되었다고 했다.

그리고 책의 내용은 지금의 글과는 달라 남아 있는 책들 중에 뒤에 아무것도 적혀 있지 않는 종이를 가지고 와서 이 렇게 책을 만들었다고 하였다.

한참의 시간 동안 제임스는 브레인의 말을 들으면서 아

무런 질문을 하지 않고 있다가 말이 끝나자 입을 열었다.

"브레인. 그러면 이 책을 얻은 사실을 누가 알고 있느냐?"

"아무도 알지 못하는데요. 제가 책이 있는 곳에 갔을 때는 서로가 길을 잃고 있을 때였어요."

제임스는 브레인의 말에 눈빛을 빛냈다.

제임스가 알고 있는 상식으로 지금의 마나 호흡법은 고대 제국의 일반인이 사용하던 것을 우연히 한 마법사가 얻어 이를 연구하여 만든 것이 지금의 마법사의 마나 호흡법과 기사들의 마나 호흡법이었다.

그런데 지금 자신의 손에 들린 것은 고대 제국의 일반인이 사용하던 것이 아닌 근위병이 사용하던 것이고, 변질이된 것이 아닌 원형 그대로이니 이는 실로 대단한 일이라는 것을 알았다.

'이것도 운명이라는 말인가?'

제임스는 아들이 이런 진귀한 물건을 얻은 것이 운명이라고 생각이 들었다.

자신은 가문의 복수를 하고 싶었지만 마나 호흡법을 구하려고 해도 구하지 못했는데 아들은 자연스럽게 이런 귀한 물건을 구하게 되었으니 말이다.

제임스는 운명과 같은 기분이 들어 이제 가문의 이야기를 브레인에게 해 주어야겠다고 생각하고 있었다.

"브레인. 아빠의 말을 잘 듣도록 해라."

제임스의 얼굴이 평소의 얼굴과는 다르게 아주 엄숙함을 하고 말을 하니 브레인도 긴장을 하게 되었다.

"예, 아빠."

"아빠가 사실 우리 브레인에게 말을 하지 않은 것이 있단다."

제임스는 그동안 아들에게 하지 못했던 가슴속에 있던 말들을 모두 하였다.

브레인은 아빠가 하는 말을 듣고는 엄청나게 놀라고 말았다.

자신이 귀족의 아들이었고 그것도 왕국이 아닌 카이라 제국의 백작가의 아들이라는 것에 기절을 하는 기분이었다.

하지만 이어지는 아빠의 말에 브레인은 눈물을 흘리고 말았다.

아빠가 왜 용병 생활을 하게 되었는지 그리고 얼마나 힘들게 살았는지를 들으니 자신도 모르게 눈물이 나오고 말았다.

"흑흑, 아빠."

"브레인, 울지 말고 아빠의 말을 들어라. 너는 파올로 백작가의 후손이라는 것을 잊지 말도록 해라. 비록 아빠는 가문을 일으키지 못해 후회스러운 삶을 살았지만 지금은 가문의 일도 잊을 수 있을 정도로 행복하게 살고 있단다. 그러니 너도 우리 가문이 있다는 사실만 알고 너의 행복을 찾도록 해라. 만약에 가문을 일으키고 싶다면 아빠는 말리지 않겠지만, 너의 행복이 우선이라는 말을 명심해 주었으면 한다."

제임스는 복수심 때문에 보낸 지난 시절이 얼마나 고통스러웠는지를 알고 있었다.

그래서 자식에게까지는 복수심을 심어 주고 싶지는 않았기에 브레인에게도 그동안 비밀로 하였던 것이다.

제임스는 가문의 일보다는 브레인이 불행하지 않게 살았으면 하는 마음이었다.

하지만 듣고 있는 브레인은 제임스와는 다른 생각을 하였다.

"아빠, 가문을 일으키려면 마나 호흡법이 있어야 한다고 했잖아요. 그런데 우리는 지금 마나 호흡법이 있으니 일단 기사를 키울 수는 있잖아요."

제임스는 브레인의 말에 조금 놀란 얼굴을 하며 보게 되었다.

마나 호흡법에 대한 이야기를 하면서 기사에 대한 이야기를 해 주었는데 잊지 않고 기억하고 있어서였다.

"그래, 기사가 되려면 반드시 마나 호흡법을 익혀야 하지. 그런데 어째서 묻는 것이냐?"

"아빠, 만약에 제가 마나 호흡법을 익혀 강해지면 가문을 일으키는 것이 힘들까요?”

브레인은 자신이 강해지면 아빠의 소원인 가문을 일으켜 세울 수 있다는 생각이 들어 물었다.

제임스는 브레인이 생각하는 것이 기특하기는 했지만 가문의 일에 아직 나이도 어린 브레인이 신경을 쓴다는 것이 마음에 걸렸다.

“브레인 아까도 이야기를 했지만 가문에 대한 이야기를 해 준 것은 출신 때문에 누군가에게 무시를 당하지 말라는 의미에서 알려 준 것이다. 나이가 들어 성인이 되면 아빠의 말을 이해하게 될 것이니 가문에 대한 일은 잊도록 해라.”

“예, 하지만 마나 호흡법은 익히고 싶어요. 아빠.”

제임스도 브레인에게 마나 호흡법을 알려 주려고 하였기에 브레인의 말에 흔쾌히 허락을 하였다.

“알았다. 그러면 아빠가 너에게 마나 호흡법과 검술을 알려 주도록 하마. 검술을 익히려면 생각보다는 많이 힘들 것이다.”

“걱정하지 마세요. 제가 그래도 우리 마을에서는 가장 건강한 체질이니 말이에요.”

브레인은 밝은 얼굴을 하며 대답을 하였다.

제임스도 그런 꾸밈없는 얼굴을 하고 있는 브레인을 사랑스러운 눈빛으로 바라보았다.

다음 날부터 제임스와 브레인은 마나 호흡법과 검술을

수련하게 되었다.

아내인 노라도 수련을 하는 것에는 반대를 하지 않았다.

건강을 위해서도 그렇고 나중을 위해서도 어느 정도는 실력을 가지고 있는 것이 좋다고 생각하고 있는 노라였다.

자신의 남편인 제임스가 용병계에서는 제법 실력이 있는 사람이라는 것을 알고 있기에, 그런 아빠에게 배우면 어디 가서 맞는 일은 없을 것이라는 계산도 하고 있었다.

"브레인, 이제 마나 호흡법을 하도록 하자."

"헉, 헉, 예, 아빠."

브레인은 힘이 드는지 숨을 몰아쉬면서 힘들게 대답을 하고 있었다.

브레인과 제임스는 이렇게 검술을 연마하고 나서는 마나 호흡법을 익히고 있었다.

어느덧 시간이 흘러 브레인이 성인식을 하는 날이 돌아 왔다.

브레인은 마나 호흡법을 친구들에게도 알려 주고 싶었지 만 아빠인 제임스가 극렬히 반대를 하는 바람에 친구들에게 마나 호흡법은 알려 주지 못하고 결국 용병들이 사용하는 실전 검술만 친구들에게 알려 주어 수련을 하게 하였다.

가문의 검술과 근위병의 검술은 비전이라고 하며 절대 타인에게는 알려 주지 못하게 하니 브레인도 어쩔 수 없는 일이었다.

"오늘은 나의 성인식이니 반드시 아버지의 허락을 받아 내고 말겠다."

브레인은 친구들에게 마나 호흡법을 전수해서 가문의 기사로 키우고 싶었다.

마을의 친구들은 하나같이 재능이 있었고 서로가 서로를 챙겨 줄 정도로 서로를 생각하는 마음을 가지고 있는 믿을 수 있는 친구들이었다.

그런 친구들을 기사로 받아들이지 못하면 누구를 가문의 기사로 받아들인다는 말인가.

제임스는 브레인이 실력이 강하면 강할수록 가문을 일으켜 세우려는 마음이 간절해지는 것을 모르고 있었다.

지금 제임스와 브레인은 오 년이라는 시간 동안 수련을 하여 익스퍼트 상급의 실력자가 되어 있었다.

제임스는 브레인보다는 강한 최상급의 실력을 가지고 있었다.

이는 제임스가 오랜 생활 용병 일을 하면서 검에 대한 깨달음이 있었기 때문이었다.

마을에서는 오늘 있을 성인식을 준비하느라 매우 분주하게 움직이고 있었다.

브레인과 그 친구들은 당사자라 그런지 조금은 한가하게 시간을 보내고 있었다.

"브레인. 성인식을 마치면 여행을 갈 거야?"

"그래, 나는 여행을 하면서 수련을 해 볼 생각이야."

"그러면 우리가 가도 되는 거야?"

친구들은 자신들도 성인이 되었으니 여행을 해 보고 싶은 모양이었다.

"어른들의 허락만 받으면 함께 가자."

브레인은 이미 부모님의 허락을 받아 두었기에 하는 말이었다.

처음에는 여행을 간다고 하니 노라가 반대를 하였지만 제임스의 설득에 결국 허락을 하고 말았다.

남자는 집 안에서만 가두어 두면 성장이 없다는 말을 하니 노라도 다른 말을 하지 못하고 허락을 하게 된 것이다.

"걱정 마. 우리 부모님은 반대하지 않으실 거야."

"나도 반대는 없을 거야."

친구들은 희망이 있는지 얼굴이 환해지고 있었다.

브레인이 성인식에 여행을 간다는 사실은 이미 알고 있었기에 부모님에게 자신들도 여행을 간다고 하여 어느 정도는 반허락을 받아 둔 상태였다.

친구들과 간단한 성인식을 마친 브레인은 아버지인 제임스와 단판을 짓기 위해 개인 면담을 하고 있었다.

"아버지, 친구들을 가문의 기사로 받아들이고 싶습니다."

제임스는 브레인이 친구들을 가문의 기사로 받아들이고

싫어 하는 이유를 알고 있었지만 반대를 한 이유는 브레인이 가문의 일 때문에 고생할 것이 눈에 보여서였다.

"브레인 이제 너도 성인이니 아버지가 너에게 가문의 위를 전해 주겠다. 모든 일은 이제 스스로 알아서 결정하도록 해라. 너는 카이라 제국의 파올로 백작가의 주인이라는 것을 명심하고 말이다."

제임스는 브레인에게 자신의 품에서 반지를 꺼내 주었다.

브레인도 아버지가 주는 것이 가문의 인장이라는 것을 알고는 받지 않으려 하였지만 자신을 성인으로 대접을 해 주려는 마음을 알고는 공손히 받았다.

"고맙습니다. 아버지."

"이제부터 너는 파올로 백작가의 주인이라는 것을 명심하고 항상 그 품위에 어울리는 행동을 해야 한다. 귀족은 스스로의 명예를 지킬 줄 알아야 한다. 인장을 받았다는 것은 이미 가문의 일도 너에게 넘어갔다는 뜻이니 이제는 가문의 일은 스스로 알아서 처리를 하도록 해라."

제임스는 더 이상 가문의 기사에 대해서는 말을 하지 않겠다는 말이었다.

이제는 친구들을 가문의 기사로 받아들이는 것도 모두 브레인이 알아서 하라는 말이었다.

브레인은 이제 성인으로 대접을 해 주는 아버지의 눈을 보며 속으로 성인이 되었다는 것을 깨달았다.

'이런 것이 성인이라는 것인가?'

무언가 자신을 대하는 아버지의 태도가 변해서인지는 모르지만 자신도 이제는 책임감을 가지게 되었다는 느낌이 들었다.

"아버지의 말씀대로 절대 누가 되는 행동을 하지 않겠습니다."

브레인은 그렇게 대답을 하고는 친구들이 있는 곳으로 갔다.

제임스는 그런 아들의 뒷모습을 보며 의미 모를 미소를 지었다.

아마도 아들의 성장에 흐뭇한 기분이 들어서 일 것이다.

브레인은 친구들이 있는 곳으로 가서는 여행을 가는지에 대해 물었다.

"여행 문제는 어떻게 되었어?"

"하하하, 나는 허락을 받았어, 브레인."

"나도 받았다."

친구들은 모두 여행을 가기로 했다고 하였다.

브레인과 친구들은 모두가 즐거운 여행길을 가기 위해 나름 많은 준비를 하여 기분 좋게 출발을 하였다.

"우선 영주성에 가서 우리가 필요한 것들을 사서 가도록 하자."

"그래, 최소한 여행을 가는데 검은 있어야지."

마을에서 영주성이 있는 곳까지는 그리 멀지 않은 거리였기에 이들이 지금 출발을 하여도 늦지 않은 시간에 도착을 할 수 있었다.

헤이론 왕국의 가넨 영지는 엘버트 자작이 영주로 있는 제법 좋은 영지였다.

치안도 잘되어 있는 곳으로 기사들의 실력도 강해 주변의 영지에서는 수위에 드는 그런 영지였다.

브레인과 일행들은 아직은 어둡지 않은 시간에 영주성에 도착을 하여 성문의 입구에서 검문을 받고 있었다.

"어디에서 오는 길이냐?"

"저희들은 포리 마을 출신들로 오늘 성인식을 마치고 여행을 가기 위해 이곳에 왔습니다."

브레인과 친구들은 자신들이 가지고 있는 신분패를 병사들에게 보여 주었다.

평민들이 가지고 있는 신분패는 나무로 만든 목패였고, 그 안에는 출신 마을과 나이가 적혀 있었다.

병사들은 신분을 확인하고는 반가운 얼굴로 이들을 맞이해 주었다.

"오, 포리 마을의 성인들이구나. 오늘 성인식을 마쳤으니 모두 축하한다. 안으로 들어가라."

"감사합니다. 병사님."

브레인과 친구들은 인사를 하고 성안으로 들어가게 되었다.

오늘은 성인식이 있는 날이라 병사들도 기분 좋게 통과를 시켜 주었다.

성인이 되는 그날은 어지간한 범죄가 아니면 거의 용서를 해 주었다.

브레인과 친구들은 성안으로 들어가 가장 먼저 대장간을 찾아보았다.

"대장간이 보이는지 찾아봐."

"나도 찾아보고 있어."

모두가 대장간을 찾기 위해 주변을 두리번거리고 있으니 이제 막 시골에서 상경한 촌놈들 같아 보였다.

그때 한 아이가 그런 브레인의 일행을 보고는 천천히 다가왔다.

"형들 무엇을 그렇게 찾으세요?"

아이의 표정이 순진하게 느껴져서인지 친근감을 느낀 브레인이 먼저 입을 열었다.

"대장간이 어디에 있는지 혹시 아니?"

"그럼요. 알고 있지요. 그런데 오늘 잠은 어디서 주무세요?"

아이의 대답에 브레인이 먼저 대답을 해 주었다.

"잠은 여관에서 자야겠지. 대장간이 어디에 있는지 알려줄 수 있겠니?"

"대장간의 위치를 알려 주면 여관은 제가 소개해 주는

곳으로 가셔야 해요."

아이의 말에 그때서야 브레인은 아이가 여관을 소개하기 위해 자신들에게 접근하였다는 것을 깨달았다.

아버지인 제임스가 용병 생활을 하면서 깨달은 경험을 이야기 해 주었지만 막상 자신이 당하고 나니 이래서 경험이 필요하다는 것을 느끼게 되었다.

경험은 그래서 돈을 주고도 사지 못한다는 말을 이해하는 브레인이었다.

브레인은 입가에 웃음을 지으며 아이에게 대답을 해 주었다.

"대장간을 안내해 주면 너의 말대로 그 여관에서 잘게. 어떠니?"

"헤헤, 알았어요. 제가 안내해 드릴게요."

소년은 기분 좋은지 웃으면서 브레인의 일행을 대장간으로 안내를 하였다.

소년이 안내한 곳은 거리에 있는 것이 아니라 골목길에 있는 대장간이라 처음 오는 사람은 찾기가 쉽지 않은 장소였다.

"여기예요. 여기가 우리 성에서 가장 잘 만드는 곳이에요."

소년의 말대로 안에서 들려오는 망치 소리에는 안정감이 있어 보였다.

땅. 땅. 땅.

대장간의 대장장이가 누구인지는 모르지만 브레인이 듣기로는 상당한 능력이 있는 사람 같아 보였다.

브레인이 대장장이의 능력을 정확하게 알지는 못하지만 마나 호흡법을 익히고 나서부터는 소리만 들어도 어느 정도는 알 수가 있는 능력이 생겼다.

"너는 잠시 여기서 기다려 줄래 우리는 안에 볼일이 있어서 말이다."

"예, 그렇게 하세요."

소년은 빙긋이 웃으며 대답을 하였다.

상당히 밝아 보이는 웃음에 브레인은 소년이 참 밝게 사는구나라고 생각했다.

대장간의 안에 들어간 브레인과 친구들은 안에 진열이 되어 있는 물건들을 구경하였다.

"와아, 대단히 물건들이 많네."

"여기 내가 가장 좋아하는 소드도 있네."

케리는 친구들 중에 가장 덩치가 커서 평소에도 작은 목검을 사용하는 것에 불만이 많았다.

자신의 덩치에는 커다란 바스타드 소드 같은 대형 검이 어울린다고 말이다.

브레인은 친구들이 구경하는 것을 보며 말을 하는데도 나오지 않는 주인이 신기하기만 했다.

결국 물건을 사기 위해서는 주인을 찾을 수밖에 없었다.

"안에 계세요?"

브레인의 말에 한참의 시간이 지나자 안에서 누군가가 나오는 발자국 소리가 들렸다.

안에서 나오는 사람은 중년이라고 하기에는 조금 나이가 있어 보이는 울퉁불퉁한 근육을 자랑하는 아저씨였다.

"누군가?"

"예, 저희는 검을 사려고 왔습니다."

"거기 있는 거로 골라 보게."

주인의 퉁명스러운 목소리에 브레인은 자신들이 무슨 실수를 한 것이 있는지를 생각하게 되었다.

자신들은 그냥 물건을 사러 온 것인데 저렇게 불친절하게 대하는 것이 이해가 가지 않았다.

하지만 어쩌겠는가, 아쉬운 사람들은 자신들이었으니 말이다.

브레인과 친구들은 가장 마음에 드는 검을 골랐다.

케리는 당연히 가장 커다란 것으로 골랐고 말이다.

"여기 저희들이 고른 물건들입니다. 모두 가격이 얼마나 되는지요?"

브레인의 말에 남자는 물건들을 보더니 바로 가격을 말해 주었다.

"모두 오 골드만 내게."

남자의 말에 브레인과 친구들은 생각보다는 가격이 싸다
는 것을 알았다.

보통은 검 하나의 가격도 삼 골드는 하는데, 모두 다섯
개의 가격이 오 골드라고 하면 이거는 거의 거저라는 생각
이 들었다.

"아저씨, 너무 싸게 파시는 것이 아니에요?"

"사기 싫으면 두고 가면 되네."

남자는 내가 싸게 팔든 비싸게 팔든 무슨 상관이 있느냐
라는 듯한 귀찮은 표정이었다.

브레인은 이미 친구들에게 돈을 거두었기에 그런 주인의
얼굴을 보고는 두말 않고 돈을 내고 나왔다.

대장간을 나오니 소년이 기다리고 있었다.

"원하시는 물건은 사셨어요?"

"그래, 사기는 했는데 여기는 엄청나게 싸게 파는구나."

"헤헤, 여기는 우리 성에서 가장 싸고 좋은 물건이 있는
곳이라 그래요."

브레인은 소년의 말에 고개를 끄덕였다.

실지로 싸게 산 것은 사실이었기 때문이다.

"이제 여관으로 안내를 해 주겠니?"

"그럼, 저를 따라오세요."

브레인과 친구들은 소년을 따라 여관을 향해 따라갔다.

여관이 있는 곳은 다행히도 골목길에 있지는 않았지만

그래도 조금 외진 곳에 위치하고 있었다.

소년을 따라 여관의 입구에 들어가니 외진 곳이라고는 느끼지 못할 정도로 안에는 깨끗한 곳이었다.

안에는 그리 많지는 않지만 손님들이 이야기를 나누고 있었다.

브레인은 소년을 만나 이런 곳을 오게 되어 기분이 좋아졌다.

소년은 여관으로 들어오자 바로 주방을 향해 고함을 쳤다.

"엄마, 손님이 오셨어요."

소년의 외침에 브레인과 친구들은 황당한 기분이 들었지만 그래도 깨끗한 여관에 자게 되었다는 생각에 소년을 이해했다.

"고맙다. 너의 소개로 이런 곳에 오게 되었구나."

"아니에요. 저도 손님을 모시게 되어서 좋아요. 헤헤."

소년의 외침에 주방에서는 중년의 여자가 나왔다.

"제퍼린, 너 또 손님을 모시고 온 것이냐?"

"아니에요, 오늘은 이분들이 대장간을 안내하니 여기로 오신 거예요. 그렇지요?"

소년은 브레인과 친구들은 보며 밝은 미소를 지으며 대답을 해 달라고 하고 있었다.

브레인은 그런 소년의 행동에 잘못이 없기에 고개를 끄

덕여 주었다.

"소년의 말이 맞습니다."

주인 여자는 브레인의 말에 조금은 화가 누그려 들었는지 인상을 펴고는 브레인과 친구들을 보며 아주 상냥한 미소를 지으며 인사를 하였다.

"어서 오세요. 손님."

브레인과 친구들은 여자의 변화에 적응을 하지 못하는지 어이가 없는 얼굴을 하고 있었다.

"엄마, 이분들은 식사와 잠자리를 원하신다고 했어요."

소년은 브레인과 친구들의 상태를 보고 이내 대신 대답을 하였다.

브레인은 소년의 대답에 정신을 차리고는 바로 소년의 말이 맞다고 해 주었다.

"예, 저희는 오늘 잠과 식사를 하려고 합니다."

"식사는 어떤 것으로 하시려는지요?"

여자는 말을 하면서 눈은 벽에 걸린 메뉴판을 보고 있었다.

저기에 메뉴판이 있으니 골라 먹으라는 이야기 같았다.

여관 주인의 말에 눈치 빠른 엔더슨이 재빠르게 주문을 하였다.

"나는 스테이크로 먹을래."

엔더슨의 말에 친구들은 벽에 걸린 메뉴판을 보며 각자

자신이 먹고 싶은 음식을 주문하였다.

친구들이 주문을 마치자 여자는 조용히 주방으로 돌아갔다.

한참의 시간이 지나자 주문한 음식이 나왔고 즐거운 분위기에 맞나게 식사를 할 수 있었다.

"이 집 음식이 제법 괜찮은데."

피터는 집에서도 까다로운 입맛 덕분에 친구들 중에서는 까탈스러운 놈이라고 놀림을 받았는데 그런 피터의 입맛에 맞는 음식이 나왔으니 맛이 없을 턱이 없었다.

"그래, 맛있다. 정말."

다들 즐겁게 식사를 마치자 소년이 다가왔다.

"여기 방 열쇠예요. 삼 인실로 두 개를 잡았으니 주무시는데 불편하지 않으실 거예요."

"그래, 고맙구나."

브레인은 열쇠를 받아 번호를 확인해 보았다.

하나는 삼백일호실이고 하나는 삼백이호실이었다.

"여기 방에 목욕을 할 수도 있니?"

여관에는 목욕도 하게 만들었지만 대개는 그런 시설이 없는 곳이 많았다.

그래서 그런 여관은 따로 물을 데워 주고 있었다.

브레인은 물을 데워서 가져다줄 사람이 소년밖에는 없다는 생각에 물었다.

"방에 가시면 물이 나오니 걱정하지 않아도 되요."

브레인은 소년의 말에 속으로 다행이라고 생각했다.

어린 소년이 물을 가져다주는 것을 생각하니 미안할 것 같아서였다.

"엔더슨 하고 카알, 그리고 피터는 일호실에서 자고, 나머지는 나하고 이호실에서 자면 되겠다."

"그렇게 하자. 그럼 올라가자."

친구들과 방으로 올라간 브레인은 친구들이 씻고 있는 중에 이들에게 마나 호흡법을 알려 줄 방법을 찾았다.

자신이 오 년이라는 시간 동안 마나 호흡법을 익혀 지금은 익스퍼트 상급의 경지에 도달하였으니 친구들에게도 시간이 필요하다는 것을 알기에 고민을 하였다.

'일단 친구들에게 근위병사들의 마나 호흡법에 대해 알려 주는 것으로 하고 가문이 기사가 되라는 약속을 받도록 하자. 그래야 마나 호흡법이 나에게 있다는 것에 의심을 하지 않을 것이니 말이야.'

마나 호흡법에 대해서는 충분히 설명이 되는 이야기였다.

가문의 호흡법을 아무에게나 알려 줄 수는 없는 일이었기 때문이다.

이 점은 친구들도 충분히 이해를 해 줄 것으로 보았다.

브레인은 영지를 떠나 조금 떨어진 곳에 수련을 하는 장소를 마련하려고 하였다.

친구들은 그곳에서 수련을 하고 자신은 따로 왕국을 돌아다녀 볼 생각이었다.

자신이 익스퍼트의 경지에 올라 더 이상 진전이 없어 찾은 방법이 여행이었기 때문이다.

브레인이 익힌 마나 호흡법은 고대 제국에서 근위병사들이 익히는 것이지만 현시대에는 이를 따를 수 있는 호흡법은 없을 정도로 대단한 것이었다.

비록 브레인도 진전이 없어 여행을 선택하기는 했지만 그래도 마나 호흡법이 대단한 것은 사실이었다.

'근위병사들이 사용하는 호흡법은 나도 충분히 이해를 하고 있으니 친구들에게 알려 주기에도 편하고 설명을 하기도 좋으니 그렇게 하고 수련을 하는 문제는 일단 영지를 떠나서 이야기를 해야겠다.'

마나 호흡법을 일개 평민이 익히고 있다는 사실이 알려지면 이는 상당한 여파가 생길 수도 있는 문제였기에 일단은 영지에서는 피하고 싶었다.

나중에 친구들이 실력을 충분히 쌓으면 문제가 되지는 않겠지만 기사도 아닌 것들이 마나 호흡법을 익히고 있다고 하면 이는 골치 아픈 일이 생길 수도 있었다.

지난 세월 친구들에 대한 성격을 모두 파악하였기 때문에 이제는 자신이 믿을 수 있다는 확신을 섰다.

가문을 세우기 위해 기사들을 키워야 하는데 자신의 친

구들이라면 충분히 가능해 보였다.

친구들의 문제를 해결한 브레인은 갑자기 자신들이 검을 사게 된 대장간이 생각났다.

자신이 보기에는 충분히 실력을 가지고 있는 사람 같았는데 사연이 있다고 판단이 되었다.

'도대체 대장장이를 하고 있는 이유가 무엇일까?'

브레인은 아무리 보아도 이렇게 작은 대장간이나 운영하고 있을 사람으로는 보이지 않아서였다.

아직 익스퍼트의 상급에 불과하였었지만 타고난 마나의 감지 능력은 이미 마스터의 경지라고 보아도 무방할 정도의 능력을 가지고 있는 브레인이었다.

그러니 대장장이의 마나를 감지하였고 그 능력을 능히 짐작할 수 있었다.

브레인은 친구들이 목욕을 마치고 나오는 바람에 대장장이의 생각을 접었다.

하지만 대장장이와의 인연은 이제 시작이라는 것을 브레인은 아직 모르고 있었다.

"브레인 너도 어서 씻어라. 그래야 우리도 가볍게 한잔을 하지."

"그래, 우리도 성인이니 이제 한잔 해 보자."

브레인과 친구들은 모두 깨끗이 씻고 술을 마신다는 즐거운 마음으로 내려왔다.

브레인의 일행을 본 소년은 바로 탁자로 안내를 해 주었다.

"우리는 맥주하고 간단한 안주로 부탁할게."

"예, 금방 가져다 드릴 게요."

소년이 사라지자 브레인은 주변의 모여 있는 사람들을 둘러보았다.

아까와는 다르게 이번에는 제법 많은 인원들이 모여 술을 마시고 있었다.

그런데 한쪽에서는 지금 시비가 붙었는지 상호간에 화를 내며 욕설이 나오고 있었다.

"지금 나에게 시비를 거는 것이오?"

"아니, 이게 눈이 삐었나. 감히 하늘 같은 대선배에게 눈을 부라려?"

말을 하는 용병은 우락부락하게 생긴 것이 한 인상 하게 생겼고, 다른 편에 있는 사람은 이십대의 나이를 먹은 그래도 제법 준수하게 생긴 남자였다.

일방적인 시비를 거는 우락부락의 남자는 청년의 실력이 자신보다 약하다고 생각하는지 시비를 걸고 있었다.

브레인은 그런 구경거리를 절대 그냥 지나칠 수 없다는 눈빛으로 바라보았다.

'저 남자 오늘 제대로 임자를 만난 것 같은데 재미있겠네.'

브레인은 젊은 남자의 몸에 가지고 있는 마나의 양이 익스퍼트는 아니지만 마나 유저 상급의 실력은 되어 보였다.

마나는 호흡법을 익히지 않아도 몸속에 모이기는 하지만 이는 오랜 시간을 수련해야 가능한 일이었다.

용병들 중에는 마나를 사용하지는 못하지만 마나 유저 최상급의 실력자들이 있는 이유이기도 했다.

본인도 모르게 마나를 사용하는 방법을 터득하여 익스퍼트의 경지에 도달하는 용병들은 용병계에서도 나름 특별한 대접을 받는 존재들이었다.

용병들 중에 특급 용병들이 바로 이런 존재들이었다.

"더 이상 시비를 건다면 그냥 두지 않겠소."

젊은 남자는 눈앞의 남자를 보며 이제는 참지 않겠다고 하고 있었다.

"흐흐흐, 그렇게 나와야지 오늘 내가 시원하게 몸을 푸는 날이구나."

우드득, 부드득.

우락부락의 남자는 손가락에 소리 나게 하는 음향효과를 보이며 젊은 남자에게 다가갔다.

젊은 남자는 그런 용병을 담담한 눈으로 보고만 있는 것이 무언가 믿는 구석이 있어 보였다.

쉬익!

용병의 거친 주먹 공격에 젊은 남자는 가볍게 고개를 옆으로 피하고는 자신의 몸통으로 용병을 밀어 버렸다.

우당탕!

"어이쿠!"

용병은 술을 마셔서 그런지 균형을 잡지 못하고 그대로 넘어지고 말았다.

용병의 안색은 시뻘겋게 변하며 눈에는 살기가 돋았다.

"이 빌어먹을 놈이 감히 나를 밀어 오늘 너 죽어 봐라."

용병은 자신의 검을 뽑으려 하였다.

"그 검을 뽑으면 절대 살려 두지 않겠다."

젊은 남자는 용병이 검을 뽑으려고 하자 바로 얼굴이 차가워지며 냉기가 풀풀 날리는 목소리로 말을 하였다.

용병은 젊은 남자의 목소리를 듣고는 먹은 술이 다 깰 정도였다.

남자의 한마디에 주위는 긴장감이 고조되었고 그런 분위기는 용병에게도 용기를 주고 있었다.

"흐흐흐, 감히 나를 밀고 그런 소리를 하는 놈들 중에 아직 살아 있는 놈은 없었다. 죽어라!"

용병은 고감하게 검을 뽑아 젊은 남자의 심장을 찌르기 위해 공격하였다.

챙!

서걱!

젊은 남자는 인상이 더욱 차가워지며 순식간에 검을 뽑아 용병의 검을 방어하며 그대로 용병의 팔을 잘라 버렸다.

"크아악!"

용병은 생긴 것과는 다르게 비명 소리는 크게 질렀다.

목소리로만 따지면 특급은 충분히 가능한 그런 소리였다.

"검을 뽑을 때는 그만한 자신이 있으니 뽑았겠지만 그에 대한 책임도 져야 한다."

젊은 남자는 그렇게 말을 하고는 용병을 향해 걸어갔다.

용병은 팔이 잘린 것만 해도 두려움이 넘치는데 이제는 자신을 향해 걸어오는 것이 마치 자신을 죽이려고 오는 것처럼 보였는지 그대로 빌고 있었다.

"사… 살려 주십시오."

젊은 남자는 비굴한 용병의 얼굴을 보며 더 이상 이런 놈과 말을 하고 싶지 않다는 표정을 지으며 한마디를 던졌다.

"꺼져라. 다음에 나의 앞에 나타날 때는 목을 베어 버리겠다."

"예, 예,"

용병은 살려 준다는 말에 잘린 팔에서 흐르는 피를 다른 손으로 막으면서 빠르게 사라졌다.

브레인과 친구들은 멀쩡한 팔이 잘리는 것을 눈으로 보고는 엄청나게 놀라고 있었다.

마을에 있으면서 사람의 목숨에 대한 이야기를 듣기는 했지만 실지로 눈으로 보기에는 처음이었다.

처음으로 팔이 잘리는 광경을 생생히 지켜보니 말과는

다르게 온몸이 떨리고 있었다.

'겨우 이런 일에 떨고 있다면 어떻게 하냐. 두려움을 이겨야 나의 목표를 달성할 수 있다.'

브레인은 속으로 그렇게 다짐을 하며 두려움을 이기려고 노력을 하였다.

친구들의 눈에는 이미 공포심이 젖어 멍한 상태였다.

브레인은 서둘러 친구들에게 말을 걸었다.

"엔더슨, 피터, 정신 차려!"

브레인이 하는 말에 고개를 돌리기는 했지만 아직도 정신이 들지 않았는지 친구들의 눈동자는 초점이 없어 보였다.

브레인은 그런 친구들을 보며 마음이 아팠다.

자신과 여행을 간다고 하며 나온 즐거운 길이었는데 이런 엄청난 일을 당하게 되었으니 말이다.

하지만 한편으로는 이런 경험을 미리 하여 오히려 도움이 되었다는 생각도 들었다.

기사가 되면 사람을 죽이는 일도 해야 하니 미리 약간의 경험을 하는 것도 나쁘지 않다는 생각에서였다.

4.
친구들의 수련

브레인의 일행은 영지를 떠나고 있었다.

그런데 친구들의 반응이 어제와는 상당히 달라져 있었다.

어제는 엄청난 일을 당해 정신을 차리지 못했지만 시간이 걸리면서 정신을 차리자 자신들의 못난 모습에 스스로 부끄러움을 느끼게 되었고, 브레인의 말을 들으면서 이제부터는 그런 나약한 모습을 보이지 않겠다고 다짐을 하게 되었다.

"자, 이제부터 어디로 갔으면 좋겠냐?"

"나는 왕국의 수도로 갔으면 하는데 너희는 어때?"

"나도 수도 구경 좀 하게 그렇게 하자."

친구들은 수도로 가고 싶어 하였지만, 브레인은 그런 친구들을 충분히 설득할 자신이 있었다.

"일단 수도로 가려면 마에스 산맥을 지나야 하니 방향을 그리로 잡자."

"그렇기는 하지만 우리끼리 산맥을 넘을 수 있을까?"

친구들도 귀가 있으니 산맥의 험함을 들었을 것이고 그러니 자신들만으로는 위험하다는 생각을 하고 있었다.

"우리도 죽을 고생을 하며 검술을 배웠잖아. 그러니 우선은 가 보자."

"그래, 가자."

아직은 호기를 느끼는 나이라 그런지 몰라도 모두 겁을 상실한 인간들 같았다.

브레인이 앞장을 서서 달려가자 친구들도 브레인을 따라 영지를 벗어나고 있었다.

터벅터벅.

브레인과 친구들은 지난 열흘 동안 걸어서 겨우 마에스 산맥의 입구에 도착을 하게 되었다.

브레인은 길을 오는 동안 내내 친구들이 마나를 수련하기 가장 좋은 곳을 찾으려고 하였다.

"여기서 잠시 쉬었다가 가자."

"그래, 잠시 쉬고 가자."

친구들은 오는 동안 쉬지 않고 이동을 하여서 그런지 모두 지친 기색이었다.

브레인은 그런 친구들을 보며 이제 진실을 알려야겠다는 생각이 들었다.

"애들아, 나 너희들에게 할 말이 있어."

"무슨 이야기인데 그래?"

"말해 봐. 브레인."

친구들은 브레인이 할 말이 있다고 하니 군소리 없이 듣기로 하였다.

브레인은 그런 친구들을 보니 마음이 흐뭇해졌다.

지금까지 함께 생활을 해 온 친구들이었고 서로 간의 신뢰를 가질 수 있는 그런 사이였다.

"지금부터 내가 하는 말을 듣고 놀라지 말고 끝까지 들어 주었으면 좋겠어. 너희들에게 말을 하지 못했지만 우리 아버지는 평민이 아닌 귀족이라는 신분을 가지고 있어."

브레인의 말에 친구들은 놀란 얼굴이 되고 말았다.

귀족이라는 신분은 자신들이 감히 바라보지도 못하는 그런 존재들이었기 때문이다.

이 시대에는 평민과 귀족의 차이가 엄청나기 때문에 감히 평민이 귀족을 바라보기만 해도 벌을 받는 그런 시대였다.

친구들의 시선은 모두 브레인을 보고 있었고, 그중에 피터는 떨어지지 않는 입을 열며 브레인을 보고 물었다.

"저…… 정말로 귀족이라는 말이야?"

"그래, 아버지는 확실히 귀족이야. 물론 나도 귀족의 신분을 가지고 있고 말이야. 오늘 이런 이야기를 하는 이유는 너희들이 나의 친구들이기 때문이야. 그동안 너희들이 배운 검술은 용병들이 익히는 실전 검술도 있지만 우리 가문의 검술도 있었어."

"우리가 배운 검술이 가문의 검술이라고?"

"진짜로?"

친구들은 기사들이 배우는 검술을 자신들이 지금까지 익혔다는 것에 놀라고 있었다.

브레인은 이제 친구들을 이해시키기 위해 자신의 실력을 보여 주어야겠다고 생각이 들어 자신의 검을 뽑았다.

"자, 이게 나의 진정한 실력이야."

브레인의 검에서는 찬란한 빛이 생성되며 선명한 오러를 만들었다.

오러가 무엇인지는 친구들도 알고 있었지만 말로만 들었지 실지로 보기는 이번에 처음이었다.

"오, 저… 저것이 오러란 말이지."

"저… 정말 오러네?"

친구들이 놀라고 있는 얼굴에 브레인은 자신이 하고 싶었던 말을 하기 시작했다.

"그동안 속여서 미안해. 하지만 아버지를 설득시킬 수가 없어서 나도 어쩔 수가 없었다. 내가 지금 너희에게 보여 준 경지가 바로 익스퍼트의 경지야. 오늘 내가 이렇게 너희들에게 이런 모습을 보여 주는 이유는 바로 우리 가문의 마나 호흡법을 너희들에게 알려 주기 위해서야."

브레인의 말에 친구들은 모두 눈이 커다랗게 변했다.

마나 호흡법이라는 말은 친구들에게는 놀라게 하기에 충분한 말이었다.

친구들도 마나 호흡법의 가치가 얼마나 중요한지를 알고 있어서였다.

귀족들은 가문에 충성을 하는 기사가 아니면 알려 주지 않을 정도로 중요한 것이 바로 마나 호흡법이었다.

그런데 그런 마나 호흡법을 자신들에게 알려 준다고 하니 이들이 놀라지 않을 수가 없었다.

가장 먼저 정신을 차린 엔더슨이 브레인을 보고 입을 열었다.

"휴우, 너무 놀라서 아직도 가슴이 뛰는구나. 브레인 너의 가문이 귀족이라는 것은 알겠는데, 가문의 마나 호흡법을 우리에게 알려 주어도 되는 거야?"

엔더슨의 말에 다른 친구들도 모두 긴장된 시선으로 브레인을 바라보았다.

지금 자신들은 일생일대의 기회를 맞이하고 있다는 것을 깨달아서였다.

"모두 나의 말이 믿기지 않는 표정이구나. 나도 그냥 알려 주는 것은 아니야. 너희들이 익스퍼트의 경지에 도달하면 우리 가문의 기사가 되었으면 해서 알려 주려는 거야. 그러니 너희들도 나에게 약속을 해 줘, 우리 가문의 기사가 된다고 말이야."

브레인의 말에 친구들은 고민이 되었다.

검술을 수련하면서 기사가 되는 것이 꿈이기는 했지만 막상 기회가 왔다고 생각하니 조금은 주저하게 되었다.

사실 평민이 기사가 되는 일은 거의 기적이라 할 수 있을 정도로 힘든 일이었기 때문이다.

브레인은 자신이 알려 주는 마나 호흡법으로 익스퍼트의 경지에 도달하면 이들도 기사라고 할 수 있는 최소한의 실력이 되는 것이라 충분히 가능하다고 보았다.

'내가 알려 주는 마나 호흡법은 거의 부작용이 없이 마나를 모을 수 있는 것이니 시간이 지나면 너희들도 충분히 기사가 될 수 있을 거야.'

브레인은 고대 마나 호흡법에 대한 확신을 가지고 있었다.

검술에 대해서는 이미 지난 오 년이라는 시간 동안 질리게 연습을 하였기에 숙달된 검사라 할 수 있을 정도였지만 아직 마나를 느끼지 못하는 경지라 이들의 부족한 부분을 메울 수가 있는 것이라 생각하였다.

브레인의 말에 친구들은 설레는 가슴을 진정시키기 위해

많은 노력을 해야 했다.

특히 피터는 다른 친구들보다는 더 심하게 가슴이 뛰었기에 진정을 시키려고 노력이 남들의 배나 필요했다.

"마… 마나 호흡법을 우리에게 알려 준다는 말이지?"

"그럼, 우리도 너처럼 강해질 수 있는 거야?"

친구들은 무언가 간절히 바라는 눈빛이었다.

이들도 강해지고 싶은 마음이 없다면 거짓일 것이다.

기사가 될 수 있다는 것도 이들에게는 흥분을 시키는 이유였지만 무엇보다 자신들이 강해질 수 있다는 것이 이들을 흥분시키고 있었다.

"그래, 마나 호흡법을 배우게 되면 너희들도 강해질 수 있어."

브레인의 말에 엔더슨이 급하게 물었다.

"브레인 나는? 나도 강해질 수 있는 거야?"

엔더슨은 마법사가 되는 것이 꿈이었지만 마법사가 되기 위해서는 많은 돈이 필요하다는 것을 알고는 스스로 포기하고 있었는데, 마나 호흡법이라는 말을 들으니 자신에게도 기회가 생겼다는 것을 본능적으로 알게 되었다.

"엔더슨 너도 마나 호흡법을 익히면 너의 체력이 강해질 거야. 지금보다는 강한 힘을 사용하게 되니 기사가 될 수도 있다는 말이야……."

실지로 마나 호흡법을 익히게 되면 일반인들과는 비교도

되지 않는 힘을 사용할 수 있었다.

브레인은 자신이 직접 경험해 보았기 때문에 장담을 하였다.

"저…… 정말로 강해질 수 있는 거지?"

엔더슨은 브레인의 말을 믿으면서도 다시 한 번 확인을 해 보고 싶은지 물었다.

"그래, 사실이야. 너도 강해질 수 있어."

브레인의 확답에 엔더슨의 눈에는 눈물이 흐르고 있었다.

지난 시절 친구들과 검술을 익히며 자신의 약한 체질에 원망도 많이 했었다.

친구들은 모두 덩치도 있고 힘이 있는데, 자신은 덩치도 작고 힘이 약해 항상 친구들이 보호를 해야 하는 대상이 되었기에 엔더슨은 마음속으로 항상 강해져야 한다는 강박관념에 사로잡혀 있었다.

그런데 이제부터는 자신도 강해질 수 있는 방법이 생겼으니 흥분을 하지 않을 수가 없었다.

"브레인 나 기사가 될게, 마나 호흡법을 알려 줘."

엔더슨은 브레인의 확답에 바로 약속을 하였다.

브레인도 엔더슨이 그동안 마음고생이 얼마나 심했는지를 알고 있기에 지금 그의 심정이 어떤지를 알고 있었다.

"그래, 엔더슨 너의 약속을 믿을게."

브레인의 말에 다른 친구들도 이내 약속을 하기 시작했다.

"브레인 나도 약속할게. 강하게만 해 줘."

"나도 약속할게."

"모두 약속하는데 나만 빠질 수 없지 나도 약속할게."

모든 친구들이 약속을 하며 강해지기를 원했다.

"알았어. 우선 우리가 수련을 할 장소를 먼저 찾도록 하자. 장소를 마련하면 마나 호흡법을 알려 줄게."

"그렇게 하자. 그런데 산에서 수련을 할 생각이야?"

"산에서 수련을 하면 마나가 풍부하다고 했잖아, 그러니 산에서 하는 것이 좋겠지."

"그렇게 하자. 하지만 마을과 가까워야 식량을 사러 가지 않아?"

친구들은 이제 여행에 대한 생각을 버렸는지 수련에 대한 이야기를 하기 시작했다.

브레인도 그런 친구들의 의견을 수렴하고는 가장 좋은 방법을 찾았다.

"일단 마을과 가까운 곳으로 하면서 수련을 할 수 있는 장소를 찾아보자."

"알았어. 그렇게 하자."

친구들은 모두가 마음이 급한지 빠르게 움직이기 시작했다.

브레인과 친구들은 한나절을 허비하고야 마땅한 장소를 찾을 수가 있었다.

수련을 할 장소는 마에스 산맥을 끼고 있지만 그래도 멀지 않은 곳에 마을도 있는 장소였다.

숙소로 정한 곳은 동굴이 있어 문만 만들어 놓으면 날짐승들의 침입은 막을 수 있는 곳이었다.

마을이 멀지 않다는 것은 몬스터가 그리 많지 않다는 것을 의미하였기 때문이다.

"여기가 가장 좋은 곳 같은데 모두 어때?"

브레인의 말에 친구들도 모두 찬성을 하였다.

"그래, 여기가 가장 났다. 숙소로 동굴을 사용하면 되고 바로 뒤에 식수를 사용할 물도 있으니."

브레인의 일행들이 찾은 곳은 정말 수련을 하기에는 좋은 곳이었다.

마치 누군가가 수련을 위해 마련해 둔 그런 곳 같았다.

"자, 그러면 우리가 앞으로 수련을 하면서 살아야 하는 곳이니 청소를 하자."

"그러자."

친구들은 모두가 합심을 하여 동굴 안을 청소하고 주변을 치웠다.

수련을 편하게 하기 위해서였다.

모두가 합심을 하니 그리 시간도 오래 걸리지 않았고 일행은 빠르게 정리를 할 수 있었다.

청소를 마친 뒤에 모두가 쉬고 있을 때 브레인은 친구들을 보며 잠시 생각을 해 보았다.

'마나 호흡법은 문제가 없는데 검술은 어디까지 알려 주어야 하나?'

브레인이 고민하는 것은 자신이 알고 있는 것들이 모두 고대 제국의 것들이라 고민이 되고 있었다.

아버지가 알려 준 가문의 검술이라는 것을 배우고 나서 자신은 고대 제국의 검술을 보며 많은 차이가 있다는 것을 알게 되었다.

가문의 검술이라는 것이 고대 제국의 근위병사들이 익히는 검술보다도 형편없는 것을 알고는 실망을 하게 되었다.

"제국에서 제법 강하다고 하였던 우리 가문의 검술이 이 정도라면 나머지도 같다는 이야기겠지."

브레인은 지금의 시대와 고대의 검술은 많은 차이가 있다는 것을 알게 되었고, 지금 그런 강한 검술을 친구들에게 알려 주어도 되는지 고민하고 있는 중이었다.

한참을 고민만 하던 브레인은 가장 합리적인 방법으로 결정을 하게 되었다.

'근위병사들의 검술을 모두 알려 주지 말고 일부만 알려 주도록 하자. 아직은 친구들에게 강한 검술이 필요한 것이 아니니 조금 더 시간을 가지도록 하자.'

브레인이 가장 걱정하는 것은 바로 친구들의 안전이었다.

아무리 좋은 검술과 마나 호흡법을 익히고 있어도 강하

지 않으면 그것을 탐하는 자에게 당하기 때문이었다.

자신을 지킬 수 있을 때까지는 어느 정도는 감추어야 한다고 판단한 브레인은 근위병사들이 익히는 검술 중에 가장 쉬운 것을 먼저 알려 주기로 마음을 정하였다.

"모두 이제 쉬었으니 가장 알고 싶은 마나 호흡법에 대해 알려 줄게."

브레인의 말에 친구들은 안 그래도 브레인의 눈치만 살피고 있었는데 브레인의 입에서 마나 호흡법이라는 말이 나오자 신속하게 모였다.

후다닥!

정말 누가 보면 발바닥이 보이지 않도록 움직이는 것 같았다.

친구들이 움직임에 브레인은 이들이 얼마나 간절히 원하는지를 느낄 수 있었다.

"너희들이 알고 싶은 마나 호흡법은 아까도 말했지만 우리 가문의 마나 호흡법이야. 이 호흡법은 가문의 사람들이 아니면 누구에게도 전해 주어서는 안 되는 것이지만 너희가 약속을 했기 때문에 알려 주도록 할게. 나의 친구들을 믿고 신뢰하니 말이야. 대신 마나 호흡법은 너희의 자식 중에 일인에게만 전해 줄 수 있다는 것을 명심해. 모두 약속해 줄 수 있지?"

"약속할게. 만약에 배신을 하는 놈이 있으면 그놈은 우리 친구도 아니라고."

"맞아, 우리는 반드시 약속을 지키는 남자라고."

브레인은 그런 친구들의 대답에 빙그레 미소를 지으며 마나 호흡법에 대한 이야기를 해 주었다.

근위병사들이 익히는 마나 호흡법에 대해서는 아주 자세히 알고 있어서 친구들에게 알려 주는 것에는 문제가 없었다.

"마나 호흡법은 쉽게 말해 몸속 세상에 떠도는 마나를 가두어 두는 일종의 저장 창고라고 생각해라."

"몸속에 마나를 가두는 창고라고?"

"그래, 마나를 몸 안에 가두어서 우리가 사용하는 것이지."

브레인의 자세한 설명에 친구들은 금방 이해를 했다.

지금은 이렇게 자세히 설명을 해 주고 있지만 자신도 처음에는 무슨 소린인지를 알지 못해 무진장 고생을 하였다.

"브레인, 그러면 마나를 강제로 몸에 가두는 것이야?"

"강제라고 하기보다는 자연스럽게 몸속에 들어오게 하는 방법이라고 보아야겠지."

브레인은 친구들이 가장 이해를 하기 쉽게 풀이를 해 주었다.

한참의 시간이 지나자 친구들도 이해를 했는지 더 이상 질문이 없어졌다.

브레인은 마나 호흡법을 친구들에게 아주 자세히 설명을
해 주며 당장 시작하라고 말했다.

"지금 바로 시작해라. 너희들이 강해지기 위해서는 시간
을 아껴야 하니 말이야."

"알았어. 브레인."

브레인의 말에 친구들은 군소리 없이 바로 마나 호흡법
을 익히기 시작했다.

브레인은 그런 친구들을 보며 한 달 정도는 이들과 함께
생활하며 새로운 검술도 알려 주어야겠다고 생각했다.

한 달이 지나면 자신은 혼자 여행을 떠나려고 계획을 세
워 놓았다.

일단은 왕국의 수도에 먼저 가려고 하였다.

물론 자신도 실력이 아직은 부족하다는 것을 알고 있지
만 자신이 익스퍼트 상급이 되고부터는 더 이상 진정이 없
는 것이 시간이 필요하다는 것을 알았다.

'친구들. 부지런히 강해지도록 노력해라. 너희들이 강해
지면 그때는 나와 함께 우리의 꿈을 펼쳐 보자.'

브레인은 아직은 가문을 일으킨다는 작은 꿈을 꾸고 있
지만 작은 것이 큰 것이 된다는 것을 잊지 않는 사람이었
다.

비록 가문에 대해서는 아무것도 모르지만 자신이 귀족이
라는 것은 잊지 않고 있었다.

아버지인 제임스에게 가문의 신분을 증명할 반지도 받았고 스스로도 귀족이라고 생각하게 되었다.

'수도에 도착을 하면 나는 귀족으로 생활을 하도록 하자. 나는 제국의 귀족이니 당연히 귀족으로 생활을 해야 한다.'

친구들과 헤어져 혼자 여행을 하면서 자신은 귀족으로 생활을 해 보려고 마음먹은 브레인이었다.

헤이론 왕국에 자리를 잡으면 더 좋지만 아니라도 불만이 없었다.

브레인의 입장에서는 그냥 여행을 했다고 생각하면 되기 때문이었다.

동굴의 아침은 집과는 다른 느낌을 주는 곳이었다.

"으으으, 춥다."

"그래도 일어나야지 오늘은 브레인이 가문의 검술 중에서도 가장 어려운 부분을 알려 준다고 했잖아."

친구들은 어제 브레인이 새로운 검술을 알려 준다고 하여 사실 많은 기대를 하고 있는 중이었다.

검술에 대한 것은 모두 브레인이 알려 주는 것만 배운 친구들이라 알고 있는 검술에 대해서는 익숙해졌지만 아직 이들은 실전이라는 것을 겪어 보지 못한 상태였다.

브레인이 이런 산에서 수련을 하려는 이유가 바로 이들에게 실전을 겸한 수련을 시키기 위해서였다.

산에는 몬스터가 있을 것이니 실전을 경험하기는 가장 좋은 장소였다.

부스럭거리며 힘든 몸을 일으키는 친구들이 하나둘 동굴에서 나오고 있었다.

동굴의 입구는 브레인이 마나를 이용하여 나무를 베어 만들었는데, 그 과정을 보고 있는 친구들의 눈빛은 신기한 것을 보는 것처럼 반짝이며 시간이 지나면 자신들도 저렇게 할 수 있을 것이라는 기대감에 사로잡혀 있었다.

"모두 잘 잤냐."

"브레인, 피터. 일찍 일어났네."

브레인과 피터는 예전부터 부지런하기로 유명한 놈들이라 친구들도 인정을 하고 있었다.

"어서 씻고 아침부터 먹자."

"어, 그러자."

친구들은 먼저 일어난 사람이 식사를 준비하는 것이 당연하다는 듯이 행동하고 있었다.

브레인과 피터도 그런 친구들을 보며 아무 말도 하지 않고 있었다.

아침을 간단하게 먹자마자 모두 모였다.

차를 마시지 못해 조금 입맛이 텁텁했지만 모두들 그런 것에는 신경도 쓰지 않고 있었다.

이들의 눈빛은 오로지 새로운 검술에 대한 관심만 있을

뿐이었다.

"자, 오늘은 새로운 검술을 알려 줄게. 이 검술은 지금까지 너희들이 배운 것과는 조금 다른 검술이라 힘들 수도 있지만 숙달만 되면 대단한 위력을 보여 주는 가장 좋은 검술이야."

"어서 시작하자. 브레인."

성질이 급한 피터가 가장 먼저 나섰다.

"크크, 피터가 급하기는 했네."

친구들은 피터의 급한 성격을 알고 하는 말이었다.

항상 저렇게 급하게 행동을 하여도 실수를 하지 않는 것이 이들에게는 신기하게 느껴지는 친구였다.

"그래, 그러면 이제부터 정신 바짝 차리고 봐."

브레인은 근위병사들의 검술 중에 전수하려고 한 것들만 먼저 보여 주고 있었다.

브레인의 검에서는 매서운 칼바람이 불며 주위를 몰아쳤다.

휘이익!

브레인은 빠르게 한 번, 느리게 한 번 이렇게 검술을 펼쳤다.

"대… 단하다……."

친구들은 브레인의 검술을 보고는 안색이 딱딱하게 변해 버렸다.

지금까지 자신들이 익힌 검술과는 수준이 다른 검술이었기 때문이었다.

자신이 배운 검술들과는 너무도 다른 검술이라 사실 조금 겁이 나기도 했다.

"브레인. 그 검술이 가문의 검술이냐?"

"그래, 우리 가문의 검술 중에 중요한 것들이야."

브레인은 친구들에게 거짓말을 하는 것이 좋지는 않았지만 선의의 거짓말이라고 생각하며 위안을 삼았다.

지금 이들에게 알려 주는 검술만 제대로 익혀도 어디 가서 죽을 일은 없다는 생각이 들어서였다.

"이 나쁜 놈. 그렇게 대단한 검술을 이제야 알려 주냐?"

피터는 브레인의 검술을 보고 감탄을 하다가 갑자기 무언가 떠올랐는지 따지기 시작했다.

"미안해, 나도 아버지에게 얼마 전에 배워서 그래."

브레인의 말에 피터는 오히려 미안한 얼굴이 되고 말았다.

"아냐, 브레인이 미안하다고 하면 우리가 더 미안하지."

"브레인, 화를 내서 미안하다. 내가 성격이 급하잖아."

"그런 문제는 되었고. 내가 보여 준 검술을 보니 어때?"

브레인은 친구들이 새로운 검술을 빨리 익혔으면 하는 마음이었다.

자신이 최선을 다해 멋있게 보이기 위해 노력을 하였지만 보는 사람의 눈은 자신과는 다르기 때문에 조금은 염려스러운 얼굴을 하며 친구들을 보았다.

　"방금 전에 본 검술은 정말 최고였다. 브레인."

　"그래, 우리에게 이런 검술을 알려 주어 정말 고맙다. 브레인."

　"나는 저런 검술이 있다는 사실이 놀라웠다."

　친구들의 반응을 보니 아주 마음에 드는 모양이었다.

　브레인은 그런 친구들을 보니 흡족한 얼굴이 되었다.

　엔더슨은 브레인이 보여 준 검술을 보고는 자신에게 가장 필요한 검술이라는 생각을 가지게 되었다.

　마나 호흡법과 저 검술만 있으면 자신도 충분히 강해질 수 있다는 생각이 들었다.

　'저거야, 나에게는 저런 검술이 필요했던 거야.'

　엔더슨은 속으로 외치고 있었다.

　브레인은 친구들의 반응에 만족했고 검술이 익숙해질 때까지 가르침을 주었다.

　새로운 검술과 마나 호흡법을 익히는 것도 이제는 자신이 없어도 된다고 판단한 브레인은 친구들을 모아 놓고 자신의 생각을 이야기해 주었다.

　"나는 이제 수도로 갈 생각이야. 너희들은 여기서 수련을 하여 최소한 익스퍼트 중급의 경지에는 도달해야 한다.

평민이 기사가 되기 위한 조건이 바로 중급의 실력이니 말이야. 우리 가문의 기사 되는 것도 중요하지만 너희들의 안전이 더 중요하니 스스로 강해져서 지킬 수 있었으면 좋겠다. 스스로 강해졌다는 생각이 들면 수도로 와서 나를 찾아라. 너희가 올 동안 나는 기반을 닦아 놓고 있을게."

브레인의 말에 친구들은 조금 당황스러웠지만 브레인의 말이 틀리지도 않다는 것을 느꼈다.

"우리가 수련을 마치고 너를 찾아가면 되는 거냐?"

"그래, 너희를 기다리고 있을게."

브레인은 그렇게 친구들과 아쉬운 작별을 하고는 수도로 출발을 하였다.

이제는 자신이 있어도 도움이 되지 않았다.

스스로 노력을 하는 친구는 그만큼 얻는 것이 많을 것이지만, 그렇지 않은 친구는 자신이 원하는 것을 얻지 못할 것이라고 보았다.

'이제부터는 너희 스스로 모든 것을 책임을 져야 하는 거야. 부디 내가 원하는 수준이 되어 만났으면 좋겠다.'

브레인은 친구들의 장래를 생각하여 혼자 생각을 하고 있었지만 아직 브레인도 모르는 것이 자신의 친구들이 대단한 능력을 가진 친구라는 것을 모르고 있었다.

다른 기사들은 십 년, 이십 년을 수련해야 얻는 것을 자신의 친구들은 불과 오 년이라는 시간 만에 얻었다는 사실을 브레인도 모르고 있었다.

 하기는 언제 다른 사람과 비교를 하였어야지……

5.
수도로 가는 길

브레인은 친구들과 작별을 하고 혼자 수도로 가는 길을 걷고 있었다.

친구들과 함께 움직일 때는 몰랐는데 혼자 움직이니 왠지 적적함이 밀려왔다.

"그냥 수도로 가서 수련하라고 할 걸 그랬나?"

브레인은 적적함에 그런 생각이 들었지만 이내 고개를 흔들었다.

자신이 심심하다고 친구들의 장래를 망칠 수는 없는 일이었다.

그렇게 생각하니 지난 시절 친구들과 추억들이 새롭게 떠오르는 브레인이었다.

예전에 물장구를 치며 놀던 기억과 함께 산에 가서 과일을 따서 먹던 그런 시절들이 머릿속을 가득 메우고 있었다.

브레인이 그렇게 추억에 젖어 있는 동안에도 발걸음을 부지런히 움직이고 있었다.

"가만 마법 주머니에 있는 물건 중에 나에게 필요 없는 것들은 팔아도 되지 않을까?"

사실 그동안 수련을 하는 바람에 마법 주머니에 무엇이 들었는지 정확하게 알지 못하고 있었다.

이번 여행을 하면서 마법 주머니를 가지고 온 이유가 바로 그 안에 있는 물건들이 무엇이 있는지 알고 싶었고, 자신에게 필요한 것을 빼고는 경비로 사용할 마음이 있어서였다.

"고대 제국에 사용하던 것들이라 아마도 유물로 취급을 받을 수도 있을 거야."

브레인은 아주 흡족한 표정을 지으며 만족해했다.

이번 여행을 하며 필요한 경비를 최대한 아끼고 스스로 벌어서 사용하려고 마음을 먹었지만 아직은 경험이 일천하여 무엇을 해야 할지도 몰랐다.

그러니 저런 터무니없는 생각을 하고 있겠지만 말이다.

가장 중요한 문제는 브레인이 아직 고대 유물에 대한 가치를 모르고 있다는 것이었다.

만약에 그 가치를 알고 있었다면 이런 생각을 하지도 않앉을 것이기 때문이다.

브레인은 자신의 품에 있는 마법 주머니를 슬쩍 만지며 기분이 좋아졌는지 입에 미소를 함박 머금고 있었다.

"돈이라는 것이 있을 때 아껴야지, 나중에 장가도 가야 하니 돈이 많이 있어야겠지."

이제는 귀족으로 행동을 해야 하니 최대한 아껴서 생활을 해야 한다고 생각하였다.

저런 생각은 귀족에 대해 아는 것이 없어서 가능한 생각이었지만 말이다.

브레인이 아버지인 제임스에게 배운 것은 귀족의 예법과 인사하는 방법 등 기본적인 것들을 배웠지만 가장 중요한 현실의 생활에 대해서는 모르고 있었다.

경험이나 직접 살아 보아야 알 수가 있는 일이었기 때문에 제임스도 알려 줄 방법이 없었던 것이다.

"자, 부지런히 가자."

브레인은 즐거운 마음으로 발걸음을 재촉했다.

브레인의 가문이 카이라 제국의 망한 귀족이기는 하지만 그래도 백작가의 가문이었기에 지금이라도 마나 호흡법을 익히고 제국에 가면 가문을 살릴 수가 있었다.

강한 전력을 가진 제국의 귀족이기 때문에 왕국에서 무시를 당하지는 않을 것이고, 브레인이 바로 이 점을 노려 귀족으로 행세를 하려는 계획을 가지고 있었다.

망한 귀족이기는 하지만 제국에 등록이 된 귀족이니 언제든지 확인이 되는 신분이었고, 만약에 타국이 신분을 의뢰하게 되면 그 작위까지 알려 주는 것이 대륙의 법이었다.

망했어도 작위는 그대로 남아 있기 때문이었다.

"다음에 마을에 들려 필요한 것을 조금 사 두어야겠다. 수도로 가는 동안 식량은 걱정하지 말아야지 이거야 원, 매일 사냥으로 끼니를 때우려니 이제는 지겨워서 못 먹겠다."

브레인은 자신이 가지고 있는 돈을 아낀다고 먹을 것들을 사냥해서 먹고 있었다.

처음에는 문제가 없었는데 시간이 지나니 이제는 지겨워 죽을 정도였다.

그래서 마을이 나오면 식량을 사려는 마음을 먹었다.

그러나 브레인이 가지고 있는 왕국의 지도는 그리 정확한 것이 아니었고, 용병들이 사용하던 것이라 작은 마을 같은 경우에는 표시가 되어 있지 않은 그런 지도였다.

"이거 수도로 가기도 전에 지겨워서 미쳐 버리겠네. 무슨 재미있는 일은 없을까?"

브레인이 여행을 하려는 의도는 많은 것들을 경험하고 배우기 위해서였는데 시간이 지나면서 그런 생각은 사라지고 지겨움에 지쳐 가고 있었다.

이렇게 걸어서 수도로 가려면 한 달이 걸려도 도착을 하지 못하게 될 것 같았다.

벌써 눈으로 보기에도 날이 저물어 가고 있으니 결국 야영을 준비하지 않을 수가 없었다.

"에잇! 오늘은 작은 마을에라도 도착할 줄 알았는데 도대체 마을은 어디에 있는 거야."

브레인은 여행에 대한 이야기를 듣기는 했지만 문제는 자신이 직접 경험한 것이 아니라는 것이었다.

브레인은 어두워지기 전에 작은 불을 피워 잠자리를 준비하였다.

저녁 식사는 그냥 넘어가기로 하였기에 오늘은 자신의 품에 있는 마법 주머니에 있는 물건들에 대해 알아보려고 하였다.

틱. 틱. 틱.

작은 모닥불이 어두운 밤을 밝히고 있었다.

"도대체 이 작은 주머니에 얼마나 많은 물건을 보관하고 있는 거야?"

브레인은 자신이 들고 있는 마법 주머니가 엄청나게 귀한 것이라는 것을 확실히 알고 있었다.

아버지인 제임스에게 들은 이야기로는 마법사들이 가지고 다닌다는 공간 확장 마법 주머니도 지금 자신이 들고 있는 주머니에 비하면 아무것도 아니었다.

공간 확장의 주머니 중에 가장 큰 것이 마차 열 대의 분량이라고 들었기 때문이다.

"아버지 말대로 공간 확장 주머니와는 확실히 크기가 다르다. 아마도 고대 제국의 황실에서 사용하던 것이니 드래곤이 만들었을 수도 있지 않을까?"

브레인은 자신이 들고 있는 주머니를 보며 여러 가지의 상상을 하게 되었다.

그러면서 주머니에 있는 물건들을 차례대로 떠올리며 무엇이 들어 있는지를 확실하게 기억하고 있었다.

자신의 가지고 있는 물건이 어떤 건지는 알고 있어야 한다고 생각해서였다.

한참을 확인하고 있던 브레인은 안에 또 다른 주머니가 있는 것을 발견하였다.

"어? 여기에 다른 주머니도 있네?"

브레인은 다른 주머니가 있기에 신기하게 생각하고는 그 주머니를 꺼내게 되었다.

"혹시, 이 주머니도 마법 주머니는 아니겠지?"

방금 전에 꺼낸 주머니는 조금 작은 주머니로 마치 동전을 넣고 다니는 주머니 같아 보였다.

브레인은 작은 주머니를 열고 안으로 손으로 넣으니 역시 이 주머니도 마법 주머니처럼 안의 내용물이 머리에 떠올랐다.

브레인의 머리에 떠오른 것은 금전과 보석, 그리고 여러 색깔의 마나석이 있었다.

"헉! 마나석은 지금 엄청나게 비싸다고 하던데……."

브레인은 입이 저절로 벌어져 말을 할 수 없을 지경이었다.

브레인은 본능적으로 주변에 누가 있는지 살피고 있었다.

사방이 눈에 보이는 곳이라 적이 나타나면 바로 확인이 되는 장소였지만, 지금 자신이 가지고 있는 것은 일개 개인이 가지고 있기에는 너무나도 엄청난 것들이었다.

아버지인 제임스가 말을 하기로 마나석 중에 상급의 마나석은 마법사들이 모여 있는 마탑이라는 곳에서도 구하지 못하는 것이라고 들어서였다.

브레인은 겁이 나기도 했지만 호기심에 결국 안에 있는 마나석을 살짝 꺼내서 보기로 했다.

"아무도 없으니 나만 보면 되겠지."

브레인이 꺼낸 마나석은 상급이 아니라 최상급의 마나석이었지만, 브레인은 아직 마나석이라는 것을 보지 못했기 때문에 자신이 들고 있는 마나석이 얼마나 대단한 것인지를 모르고 있었다.

브레인이 보기로는 투명한 빛을 내는 돌과 같아 보이는 마나석을 자세히 살펴보다가 갑자기 아버지의 말이 떠올랐다.

"브레인. 마나석은 마법사들의 마나를 높이기 위해 사용하기도 한다는 말을 들었는데 기사에게는 어떤지 모르겠다. 마법사의 마나와 기사의 마나가 다르기 때문에 말이다. 하지만 아빠는 마법사가 사용하는 마나나 기사가 사용하는 마나는 같다고 생각하고 있단다. 고대에는 마법과 검술을 익힌 마검사가 있었다고 전해지니 마나의 사용에 따라 마법사와 기사로 나누어지는 것이라고 믿고 있단다.”

  브레인은 제임스의 말이 생각나자 혹시 자신이 경지를 이 마나석을 이용하면 높아지지 않을까라는 생각이 들었다.
  차신이 익히고 있는 마나 호흡법은 고대 제국의 것이니 충분히 가능할 것이라는 생각이 들었다.
  “나도 마나석을 이용하여 마나를 높일 수 있을까?”
  브레인은 마음속으로 갈등이 느꼈다.
  혹시라도 잘못되는 것이 아닐까라는 두려움이 생겼다.
  브레인은 일단 마나석은 다시 주머니에 넣어 소중하게 보관을 하고 혼자만의 생각에 빠졌다.
  ‘마나석을 이용하여 익스퍼트의 경지를 벗어나는 것이 과연 가능한 것일까? 아니라면 나는 아마도 파멸을 맞이할지 모르는데 어떻게 하는 것이 좋을까?’
  오 년이라는 시간 동안 검술과 마나 호흡법을 익히고 노력하여 겨우 익스퍼트의 경지에 도달하였는데 앞으로 얼마나 더 노력을 해야 마스터의 경지에 도달할 수 있을까라는 생각을 항상 하고 있었던 브레인이었다.

검술에 대해서는 누구보다 자신이 있었지만 문제는 마나의 양이 적어 아직도 초급의 경지에서 벗어나지 못하고 있다는 것이 문제였다.

브레인이 한참을 그렇게 생각에 잠겨 있을 때 갑자기 작은 소리가 들려왔다.

부시럭!

"누구냐?"

브레인은 야영을 할 때 조심해야 하는 것을 아버지인 제임스에게 들었기에 빠르게 기습에 대응을 할 수 있도록 자세를 취하였다.

자신의 검을 잡고 언제든지 뽑을 준비를 하고 있었다.

"아, 놀라게 해서 미안하지만 우리도 야영을 하려고 하다가 불빛을 보고 오게 되었소."

브레인이 있는 곳으로 걸어오는 남자는 삼십대 중반의 나이를 가진 조금은 거칠게 생긴 남자였다.

브레인은 남자와 대치를 하게 되었고 입고 있는 옷을 보고 용병이라는 것을 알 수가 있었다.

"주변에 남아 있는 자리도 많이 있습니다."

"물론 다른 곳도 있지만 나의 일행은 이번 의뢰를 마치고 지쳐서 가고 있는 중에 불빛이 보이니 반가운 마음에 오게 된 것이네."

용병으로 보이는 남자는 브레인의 얼굴을 보고 아직 나이가 어리다는 것을 알고 슬쩍 말을 놓고 있었다.

브레인은 용병들로 보이는 남자가 일행이 있다는 소리에 조금 긴장을 하기 시작했다.

제임스가 조심하라고 한 이야기 중에 용병들도 있어서였다.

용병들 중에 친하게 지내다가 갑자기 도둑으로 변하는 무리들이 있다는 이야기를 들었기 때문이다.

"당신들은 누구십니까?"

"아, 우리가 누군지 궁금한 모양이군. 우리는 제이크 용병단이라네. 인원이 불과 다섯이지만 아직 의뢰를 실패한 적이 없는 이급 용병단이네."

브레인은 자신의 앞에 있는 남자의 이름이 제이크라는 것을 알 수 있었다.

제이크라는 남자를 유심히 살펴보니 인상이 조금 더럽기는 했지만 그리 나쁜 사람 같지는 않아 보여서 결국 허락을 하게 되었다.

"알겠습니다. 그렇게 하지요."

브레인의 허락에 제이크는 안색이 환해졌다.

"고맙네. 불을 피우려고 하는 일은 귀찮은 일이라 말이야."

용병들이 여행을 하는 일행 중에 마법사들이 없는 용병

들은 야영을 하기 위해 불을 피우는 마법 물품을 준비하고 다녔지만 자주 사용하면 다시 사야 하는 물건이었다.

그러니 주변에 다른 일행이 있으면 불을 빌려 가는 것은 자주 있는 일이었다.

브레인은 용병들이 근처에 있게 되자 가장 조심해야 하는 것을 생각하였다.

만약에 이들이 도둑으로 변하게 되면 자신은 당할 수밖에 없을 것 같아서였다.

'이들이 나와 함께 있자고 하는 것도 어쩌면 나를 해치려고 하는 것일지도 모르니 최대한 조심을 하도록 하자. 그리고 마법 주머니를 노리는 것이라면 저들을 모두 죽여야 하는데 과연 내가 사람을 죽일 수 있을까?'

브레인은 아버지인 제임스와 수련을 하며 사람을 죽이는 것에 대한 이야기를 나눈 적이 있었다.

"브레인. 너는 나중에 사람을 죽일 수 있겠느냐?"

"에이, 아빠는 사람을 어떻게 죽여요. 저는 못해요."

"그러면 우리 가족을 죽이려는 하는 자가 있다면 너는 어떻게 하겠느냐?"

제임스는 정색을 하며 말을 하였다.

브레인도 아빠의 말이 무슨 뜻인지를 알고 있어 조심스럽게 대답을 했다.

"아빠, 나는 우리 가족을 해치려는 사람에게 죽이지 말라고 부탁을 하겠어요."

"하하하, 브레인 너는 죽이려고 온 사람이 부탁을 들어 줄 것이라고 생각하느냐?"

제임스는 아이의 생각에 크게 웃으며 물었다.

아직은 어리다는 것이 느껴졌다.

"그러면 어떻게 해요?"

"그럴 때는 가족을 위해 그 사람을 죽여야 한다. 누군가를 죽이지 않으면 너와 가족들 그리고 주변의 친한 사람들이 죽을 수 있다는 것을 말이다. 너의 망설임으로 인해 그들이 죽으면 너는 분명히 후회를 하게 될 것이다. 그러니 누군가를 죽여야 한다면 가차 없이 눈을 감고 죽여라. 이는 반드시 명심해라."

제임스가 항상 해 주는 이야기 중에 하나가 바로 죽여야 하는 상대가 있을 때는 주저 하지 말라는 이야기였고 또 다른 이야기는 첫 살인에 대한 반응이었다.

아버지는 살인을 하고 한동안 말도 못하고 지냈다고 하였다.

물론 사람마다 나타나는 반응은 달랐지만 대부분의 사람들에게 공통적으로 보여 주는 것은 바로 정신을 차리지 못한다고 하였다.

브레인도 아직 사람을 죽여 보지 않았지만 지난번에 팔이 잘리는 광경을 보고는 조금은 달라졌다고 생각하고 있었다.

"대장, 여기 자리 좋은데그래."

"불씨를 가지고 왔으니 어서 식사나 준비해."

"알았어. 대장."

제이크 용병단의 인원이 왔는지 다른 남자들의 목소리가 들렸다.

브레인은 용병들의 소리에 정신을 차리고 그들의 행동을 지켜보았다.

하지만 브레인이 생각하는 것과는 다르게 용병들은 불씨만 빌려 조금 떨어진 곳으로 자리를 마련했다.

용병들이 조금 떨어지기는 했지만 그래도 위험하기는 마찬가지라 혹시 모르는 안전을 위해 품에 있는 마법 주머니를 단검을 이용하여 용병들 모르게 땅에 묻고는 자신의 품에 남아 있는 것이 무엇인지를 생각해 보았다.

'내가 가지고 있는 것은 여행을 위한 옷가지를 넣은 가방과 부모님이 주신 돈주머니, 그리고 검이 전부인데 과연 저들이 공격할까?'

브레인은 자신이 지금 입고 있는 옷을 보고는 입가에 미소를 지었다.

누가 보아도 거지꼴을 하고 있으니 말이다.

이런 모습이라면 가진 것이 없다고 생각하여 자신에게 해를 입히지는 않을 것이라는 생각이 들었다.

제이크는 식사 준비를 마쳤는지 브레인을 보고 물었다.

"어이, 거기 젊은이 저녁은 먹었나?"

"저는 신경 쓰지 마시고 드십시오."

브레인은 식사는 별로 생각이 없어 하는 말이었다.

"그러지 말고 이리로 오게. 여행 중에는 서로가 도와야 하는 거야. 불씨도 빌렸으니 식사 정도는 대접해야지."

제이크라는 남자는 불씨를 핑계로 식사를 대접한다고 하니 브레인은 조금 안심이 되는지 허락을 하고 말았다.

용병들이 만든 스프의 냄새가 자신이 있는 곳으로 풍겨서 조금은 배가 고팠기 때문이다.

용병들이 있는 곳으로 가니 제이크를 포함해 모두 다섯의 인원이 식사를 하기 위해 모여 있었다.

"이렇게 초대를 해 주셔서 감사합니다."

"크하하, 이 친구 어디서 배운 예절인지는 모르지만 우리 용병들은 그런 예절을 따지지 않으니 그냥 앉아 먹도록 하게."

제법 호탕하게 말을 하는 용병의 말에 브레인은 조금 머쓱해졌지만 자리에 앉았다.

자리에 앉으면서 이들을 살펴보니 제법 실력이 있는 용병들 같아 보여 속으로 이들과 전투를 벌이게 되면 승산이 있는지에 대해 먼저 생각하게 되었다.

브레인이 그런 모습에 용병 중에 한 명이 말을 걸었다.

"혼자 여행을 하는 건가?"

브레인의 용병이 하는 말을 듣고야 생각에서 빠져나오게 되었다.

"아… 아닙니다. 일행이 있었는데 잠시 일이 있어 헤어지게 되었습니다."

"그런가? 자네는 어디서 오는 길인가?"

"저는 가넨 영지에서 수도로 가는 중입니다. 그런데 당신들은 어디로 가시는 중입니까?"

"우리는 의뢰를 마치고 길드로 다시 돌아가는 길이네."

용병은 이번 의뢰가 마음에 안 드는지 퉁명스럽게 대답을 해 주었다.

그렇게 중년의 용병과 대화를 하고 있을 때 식사가 준비되었는지 한 용병이 소리를 질렀다.

"식사들 합시다."

식사를 하라는 소리에 용병들은 하는 일을 멈추고 바로 그리로 움직였다.

"자네도 가세. 비록 육포로 만든 스프이지만 배도 든든해지니 말이야."

용병의 말에 브레인은 식사를 하는 곳으로 따라갔다.

용병들은 개인적으로 식기를 가지고 다니는지 각자가 식기를 꺼내 배식을 하는 용병에게 주고 있었다.

브레인은 자신이 가지고 있는 식기가 없었기에 그런 용

병들을 보고는 멀뚱히 보고만 있었다.

그런 브레인을 보고 제이크라는 용병이 배식을 하는 용병에게 말을 해 주었다.

"헤이츠. 저기 있는 청년은 아직 식기를 가지고 있지 않은 것 같으니 우리 식기에다가 주도록 하게."

"알았어요."

헤이츠라는 용병은 군소리 하지 않고 바로 따로 준비한 식기를 꺼내 음식을 담았다.

"어이, 청년. 여기 식사를 받아 가야지."

브레인은 처음으로 용병들을 만나 그런지 어리숙한 모습을 보여 주고 있었다.

"예? 예."

브레인은 용병이 있는 곳으로 가서 주는 음식을 받았다. 식기에는 따듯함이 느껴지는 스프와 빵이 있었다.

야영을 하는 용병들은 딱딱하지만 이런 빵을 준비하고 다녔다.

브레인은 용병들이 주는 음식을 보며 제임스가 하는 말이 다르지 않다는 것을 알게 되었다.

말로만 듣는 것과 실지로 보는 것은 천지 차이라는 것을 이번에 확실히 깨닫게 되었다.

따듯한 음식을 얻어먹으니 조금 긴장감이 풀리는지 피곤이 몰려왔고, 브레인은 오늘은 일찍 잠이나 자야겠다고 생각하였다.

"식사 대접은 잘 받았습니다. 저는 피곤해서 이만 실례하겠습니다."

"그렇게 하게. 잘 자게."

제이크는 브레인을 보며 입가에 미소를 지으며 인사를 해 주었다.

브레인은 속으로 이상하다는 생각은 하였지만 이내 고개를 돌려 자신의 자리로 돌아가서 자려고 하였다.

이상하게 몸에 있는 마나가 요동을 쳤지만 브레인은 그냥 잠을 잤다.

시간이 흐르자 점점 어둠은 더 짙어졌고, 브레인은 세상 모르게 잠이 들어 있었다.

"흐흐흐, 멍청한 놈. 야영을 하면서도 이렇게 조심성이 없으니 당하는 것이다. 네놈이 이제 막 집에서 나온 것 같아 목숨은 살려 주도록 하마."

제이크라는 용병은 잠이 든 브레인을 보며 입가에 음흉한 미소를 지었다.

제이크와 용병들은 브레인의 품을 뒤지고 있었다.

"대장. 여기 주머니가 있소."

"안에 얼마나 들었냐?"

"가만있어 보시오."

헤이츠라는 용병은 이런 일을 자주 하는지 능숙하게 일

을 처리하고 있었다.

브레인이 가지고 있는 주머니에는 부모님이 여비를 하라고 주신 오 골드의 돈이 들어 있었다.

평민이 한 달을 생활하는데 필요한 돈이 보통 일 골드 정도의 돈이 필요하였다.

그러니 오 골드라면 그리 적은 돈이 아니었다.

"대장. 오 골드나 가지고 있는데요."

"하하하, 오늘 안 그래도 의뢰 때문에 짜증이 났는데 이런 멍청한 촌놈이 우리를 도와주는구나. 저놈이 가지고 있는 다른 물건은 없냐?"

"여행 가방 하나와 검을 차고 있네요."

"초보에게 확실하게 가르침을 주기 위해서라도 모두 가지고 가자. 저런 놈은 확실한 교육이 필요하니 말이다."

"예, 대장."

용병들은 브레인이 가지고 있는 모든 물건을 가지고 사라졌다.

브레인은 모르지만 그가 먹은 식사에는 다량의 수면제가 들어 있었다.

용병들은 수입이 적을 때 가끔 이렇게 혼자 여행을 하는 사람을 대상으로 부족한 돈을 채우고 있었다.

브레인의 경우는 그래도 목숨이라도 붙어 있지만 대부분은 그냥 죽이고 돈을 챙겨 갔다.

아침이 지나 점심을 먹을 시간이 되자 브레인은 눈을 뜨고 있었다.

"으으, 왜 이렇게 머리가 아프지?"

브레인은 머리가 깨어질 것 같은 고통에 정신을 차리지 못하고 있었다.

수면제를 다량으로 복용하였으니 깨어날 때 나타나는 후유증이었다.

브레인은 자신의 머리가 아파 잠시 정신을 가다듬다가 문득 용병들이 없다는 것을 깨달았다.

"혹시, 그들이?"

브레인은 자신의 품속에 손을 집어넣어 보았다.

확실히 자신의 품에는 아무것도 남아 있지 않았다.

품에 있던 주머니만 사라진 것이 아니라 여행 가방과 검도 없어졌다는 것을 알게 되자 마음이 허탈해져 버렸다.

용병들을 의심하기는 했지만 약을 이용하여 자신을 잠들게 하고는 물건들을 훔쳐 갈 줄은 상상도 하지 못했던 일이었다.

"하하하, 바보 멍청이가 따로 없구나. 내가 바로 그런 존재라니 어이가 없구나."

브레인은 아버지에게 용병들이 생리에 대해 많은 것을 듣고 배웠다.

그런데 그렇게 열심히 배운 것들은 모두 잊고 있었는지

자신은 친절하게 식사나 하라는 말에 방심을 하고 말았던 것이다.

그 방심 덕분에 자신이 죽을 수도 있다는 것을 잊고 말이다.

아무리 검술이 뛰어나도 암계를 당하지는 못한다는 아버지의 말에 당시에는 거짓말이라고 생각하였는데 막상 자신이 당해 보니 그 말이 전혀 틀리지 않다는 것을 깨닫게 되었다.

"어른들의 말을 잘 들은 사람은 성공해도, 그 말을 믿지 않는 사람은 성공하지 못한다는 말이 딱 맞는구나. 내가 바로 그런 인간이었으니 말이야. 아버지의 말씀을 그대로 믿고 따랐으면 이런 일을 당하지는 않았을 것인데 그 말을 믿지 않은 결과가 이러니 정말 창피하구나."

브레인은 아버지를 생각하며 진심으로 마음속으로 사죄를 하였다.

경험이 있어야 한다는 말을 믿지 않았는데 지금은 경험이라는 것이 얼마나 중요한지를 몸으로 체험을 하였다.

그렇게 생각하다가 갑자기 마법 주머니에 대한 생각이 나자 브레인의 안색이 다급하게 변하면서 황급히 어제 자신이 마법 주머니를 묻어 둔 곳을 확인하였다.

다행이 땅을 판 흔적은 없어 약간은 안심이 되었지만 그래도 눈으로 직접 보기 전에는 믿을 수 없어서 바로 땅을

파 보았다.

그리 깊이 묻지를 않아 마법 주머니가 보였다.

"휴우, 다행이다. 만약에 마법 주머니가 용병들의 손에 들어갔다면 대륙이 시끄러워졌을 것이다."

자신이 가지고 있는 마법 주머니의 안에는 세상을 바꿀 만한 힘을 가진 물건들이 있었기 때문이다.

이런 일을 당하고 나니 앞으로 마법 주머니를 어떻게 보관해야 할지가 걱정되었다.

품에 넣고 다니다가 만약에라도 실수로 분실을 하게 되면 이는 대륙에 피의 폭풍이 불게 될 것이라는 생각이 들었다.

"마법 주머니를 계속 들고 다닐 수는 없고 어떻게 해야 할지가 고민이구나."

브레인은 도둑을 맞은 것이 오히려 자신에게는 경각심을 주었다고 생각하였다.

덕분에 다시는 그런 일을 당하지 않을 만큼 주의를 하게 되었으니 말이다.

문제는 마법 주머니인데 이를 어찌 처리를 해야 할까를 고민하였지만 당장에 자신에게는 방법이 없다는 것이 문제였다.

결국 브레인이 선택한 방법은 마법 주머니에 줄을 묶어 품에서 떨어지지 않게 하는 것이었다.

"일단 마법 주머니에 있는 금화를 조금 사용해야겠다. 도둑놈들이 내 금화를 모두 가지고 갔으니 어쩔 수 없지."

브레인은 마법 주머니에 있는 금화를 열 개 정도 꺼내 자신의 품에 넣고는 다시 소중히 마법 주머니를 보관하였다.

이번 일로 인해 브레인이 느낀 것은 아주 많았다.

자신이 믿을 수 있는 사람이 아니라면 절대 가까이 하면 안 된다는 사실을 말이다.

돈을 주고도 살 수 없는 소중한 경험을 이번에 확실히 알게 된 브레인이었다.

엘른 마을의 입구를 향해 한 남자가 먼지를 가득 뒤집어쓰고 걸어오고 있었다.

마을의 입구에는 자경 대원이 경계를 하고 있다가 자신의 마을로 걸어오는 사람이 눈에 보였다.

"어이, 페인. 저기 우리 마을을 향해 오는 사람이 있는데?"

"어? 그러네. 요즘 우리 마을에 손님이 제법 오는데그래."

"그런데 혼자 오는 여행객인가?"

엘른 마을에는 요즘 용병들과 상인들이 왕래가 빈번했다.

하지만 저렇게 혼자 오는 여행객은 없었는지 조금은 신기하게 바라보고 있었다.

"흠, 입고 있는 옷을 보니 마치 산적을 만난 사람 같아 보이는데."

　마을에 오는 손님들이 있다 보니 이들도 듣고 있는 말이 있어 요즘 산적들이 많다는 이야기를 들었기 때문이다.

　헤이론 왕국은 치안이 잘되어 있는 왕국으로 소문이 나 있었지만, 이런 외지에까지 치안을 살필 수는 없어 먹고살기 힘든 평민들이 병사들의 눈을 피해 산적질을 하고 있었다.

　일부 악독한 영주를 피해 도망을 간 사람들이 먹고살기 위해 수도 인근에서 멀리 산적질을 하고 있기는 했지만, 그 규모는 상당히 작아서 많은 인원이 가는 상단에는 피해를 주지 않아 영주들도 토벌을 하지 않고 있었다. 하지만 개인이나 여행을 하는 사람들은 생각지도 않게 피해를 입는 경우가 종종 발생했다.

　브레인은 마을의 입구에 도착을 하자 입구를 지키고 있는 자경 대원이 먼저 용무를 물었다.

　"어디서 오시는 길이요?"

　"가넨 영지에서 오는 길입니다. 오는 길에 산적을 만나 짐을 모두 잃게 되었습니다. 돈은 있으니 마을로 들어가게 해 주십시오."

　브레인의 말에 자경 대원도 조금 불쌍한 표정을 지었다.

　"쯔쯔, 요즘은 산적들이 많이 설치는 시기인데 혼자 여행을 다니는 것은 좋지 않으니 조심하시오."

자경 대원은 그렇게 말을 하고는 조용히 자리를 비켜 주었다.

말을 하는 것을 보니 마을에서 소란을 일으키지는 않을 것 같아 그냥 통과시켜 주었다.

"고맙습니다."

브레인은 감사의 인사를 하고는 바로 안으로 들어갔다.

마을의 안으로 들어가 가장 먼저 잡화점을 찾았다.

지금 자신이 입고 있는 옷은 거의 거지나 다름없는 상태라 우선은 옷을 사서 여관으로 가려고 했다.

마을은 제법 규모가 있는 곳인지 브레인이 사는 마을보다도 커 보였다.

그리 멀지 않은 곳에 잡화점이 보이자 브레인은 발걸음을 빨리했다.

삐거덕!

"어서 오세요. 무엇을……."

안에서 브레인이 문을 열자 인사를 하던 아가씨가 브레인의 옷을 보고는 바로 말끝을 흐렸다.

브레인은 아가씨의 그런 모습에 씁쓸한 미소를 지으며 소녀에게 필요한 물품에 주문하였다.

"우선 여행을 하는 옷과 여행 용품을 주시오. 돈이 있으니 걱정하지 말고 말이오."

브레인은 말을 하고 품에 있는 골드를 꺼내 보였다.

아가씨는 거지 같은 사람이 들어와 조금 걱정이 되었는데 품에서 골드를 꺼내는 것을 보고는 안심이 되는지 다시 얼굴에 미소를 머금고 브레인이 원하는 상품을 꺼내 주었다.

"아까는 죄송합니다. 저는 입고 계시는 옷을 보고……."

아가씨가 미안함을 사과하자 브레인은 바로 받아 주었다.

"아니오. 입고 있는 옷이 그러니 이해를 하오. 내가 원하는 품목들은 모두 얼마요?"

브레인이 고른 것은 옷과 여행 용품이지만 일반 평민이나 용병들이 사용하는 것이라 그리 비싸지는 않았다.

"예, 전부해서 92실버네요."

브레인은 아가씨의 말에 손이 있는 한 개의 금화를 주었다.

아가씨는 브레인의 돈을 받고 거스름돈을 꺼내 주었다.

"여기 8실버예요. 정말 죄송합니다."

"아니요. 이 근방에 씻을 수가 있는 여관은 어디요?"

"여관이라면 나가셔서 오른쪽으로 가시면 아침햇살이라는 곳이 보여요. 우리 마을에서는 그곳이 가장 시설이 좋은 곳이니 가시면 아나 만족하실 거예요."

"고맙소."

브레인은 짤막하게 인사를 하고는 바로 문을 열고 나갔다.

아가씨는 나가는 브레인의 뒷모습을 보며 조금 미안한 얼굴을 하고 있었다.

"칫! 나같이 예쁜 아가씨를 보면서 인사를 그렇게 하고 가는 사람이 어디에 있어."

아가씨는 병이 걸려 있었는데 공주병에 걸려 있었다.

그것도 아주 중증의 공주병에 말이다.

브레인은 아가씨의 말대로 가니 여관이 보였다.

여관은 제법 시설이 좋은지 입구부터가 달라 보였다.

"어서 오……."

브레인이 입구로 들어가니 종업원이 인사를 하려다가 멈추는 것을 본 브레인은 품에서 골드를 먼저 꺼냈다.

종업원은 브레인의 손에 들린 금화를 보고는 이내 환한 미소를 지으며 인사를 했다.

"어서 오십시오. 손님."

브레인은 금화를 보니 바로 태도가 변하는 종업을 보고 세상은 돈이 없는 자가 살아가기에는 정말 힘이 드는 곳이라는 것을 이번에 확실히 깨달았다.

"우선 목욕을 하고 식사를 하고 싶구나."

브레인은 말을 하면서 아까 받은 잔돈 중에 일 실버를 소년에게 주자 소년은 얼굴이 환해졌다.

"죄송합니다. 손님, 대신 제가 특별히 좋은 방으로 안내를 해 드릴게요."

소년은 아주 싹싹하게 인사를 하는 것이 이 계통으로 나가면 반드시 성공을 할 것 같아 보였다.

"그래, 어서 몸부터 씻자."

"이리로 오세요. 제가 안내를 해 드릴게요."

브레인은 소년의 안내로 방으로 올라갔다.

방에 도착한 브레인은 가장 먼저 몸을 씻고 새로운 옷으로 갈아입었다.

옷이 날개라는 말이 이렇게 맞는지는 브레인도 처음으로 알게 되는 날이었다.

하기는 목욕을 하면서도 놀랄 정도로 자신이 지저분했다는 것을 알았으니 말이다.

브레인 때문에 목욕탕이 막히지 않았으면 다행이라는 생각이 들 정도였다.

브레인의 새로운 모습에 소년은 깜짝 놀랐다.

"아… 아까의 손님이 맞으세요?"

소년의 반응에 브레인은 그냥 무시를 하기로 마음을 먹었는지 자리에 앉아 주문을 하였다.

"여기 간단하게 먹을 식사를 가지고 오너라."

"예, 그렇게 할게요."

소년은 대답을 하고는 바람처럼 사라졌다.

브레인은 지금 자신이 처해 있는 상황을 다시 한 번 생각해 보았다.

수도로 가기 전에 당한 도둑질에 잃은 것도 있지만 얻은 것이 더욱 많았고, 세상 사람들이 옷차림을 보고 그 사람의 가치를 정한다는 것도 이번에 알게 되었다.

귀족으로 생활을 하려고 마음을 먹었던 브레인이었기에 이제는 어떻게 해야 하는지를 깨닫게 만들었다.

세상의 경험이 없던 브레인이 이렇게 세상을 살아가는 방법을 배워 가고 있었다.

6.
수도에 도착을 하다

우여곡절 덕분에 브레인은 왕국의 수도에 도착을 할 수가 있었다.

이번 여행을 하며 브레인은 정말 많은 것을 배울 수가 있었다.

"여기가 나의 일차 목적지인 수도구나. 이제부터는 귀족으로 행세를 하도록 하자."

오는 동안은 평민으로 행세를 하여 그동안 많은 사람들이 살아가는 방법을 배웠기에, 이제는 귀족으로 행세를 해도 크게 문제는 없을 정도로 자신이 성장하였다고 생각하는 브레인이었다.

물론 아직도 부족한 부분이 있겠지만 이는 고치거나 배

워 가며 살면 된다고 생각하였다.

헤이론 왕국의 수도는 문이 두 개였는데 하나는 평민들이 들어가는 문이었고, 하나는 귀족들이 이용하는 문이었다.

평민들이 사용하는 문에는 병사들이 검문을 하였고 귀족들이 지나가는 문에는 기사들이 있었다.

브레인은 그런 사실을 알고 있기에 귀족들이 출입하는 문으로 걸어갔다.

"저기 가는 사람은 평민 같은데 귀족들이 출입하는 곳으로 가고 있네?"

"어디? 진짜로 그러네. 저 사람 죽으려고 환장한 거 아냐?"

"우리가 참견할 일은 아니지만 혹시 아무것도 몰라서 저리로 가는 것이라면, 저 사람 오늘 병신이 되어 나가겠군그래."

평민들이 귀족들이 출입하는 곳으로 간다는 것은 죽고 싶어서 하는 행동이라고밖에 볼 수가 없는 행동이었다.

기사들은 자신들이 있는 곳으로 오는 브레인을 보고는 눈살을 찌푸렸다.

누가 보아도 평민의 옷으로 보이는 옷을 입고 있으니 기사들이 생각하기에는 당연히 짜증이 나는 일이었다.

"저기 오는 사람을 아는 사람이 있나?"

"누구를 말하는 거야?"

"저기 우리가 있는 곳으로 걸어오잖아."

"어? 저거 혹시 평민이 잘못 알고 오는 거 아냐?"

대답을 한 기사는 그래도 인심이 있는 기사라 평민들에게도 자상하게 대해 주는 사람이었다.

하지만 다른 기사는 그 기사와는 다른 성격을 가지고 있었기에 마음에 안 드는 표정을 하고 있었다.

"저놈의 신분을 확인하고 만약에 평민이라면 오늘 제대로 몸이나 풀어야겠다."

동료 기사의 말에 마음이 불편한 기사는 무슨 방법이 없는지를 고민하는 모습을 보여 주었다.

브레인은 그런 기사들의 내심을 모르고 귀족들이 출입하는 곳에 도착을 하였다.

브레인이 도착하자 기사들 중에 한 명이 정중하게 인사를 하며 맞이하였다.

"잠시 멈추십시오. 어디에서 오시는 분이십니까?"

기사들은 브레인의 모습과는 다르게 정중하게 질문을 하고 있었다.

이는 혹시 타국의 귀족이 산적을 만나 저런 꼴이 되었을 것을 염려해서였다.

"나는 카이라 제국의 파올로 백작가의 브레인 폰 파올로라고 하오. 헤이론 왕국의 치안이 얼마나 잘되어 있는지 산적들이 아주 드글드글 하더이다."

브레인은 말을 하면서 손에 끼어 있는 인장을 보여 주었다.

귀족의 신분을 증명하는 인장이었다.

기사는 평민이라고 생각하다가 갑자기 강대국인 제국의 백작가라는 말에 속으로 기겁을 하고 있었다.

제국의 백작가라면 왕국의 후작가와 동일한 대접을 받고 있었다.

그런 고위 귀족가의 자식이 왕국의 산적에게 당해 저런 모습으로 수도로 오게 되었으니 왕국의 입장에서는 정말 미치고 환장할 일이었다.

대륙에서 가장 강한 나라 중에 하나가 바로 카이라 제국이었고, 그 제국의 백작이라면 이는 상당히 영향력이 있는 가문이었기 때문이다.

기사는 바짝 긴장을 하고는 정중하게 사과를 하였다.

"죄송합니다. 왕국의 치안에 문제가 있는지를 몰랐습니다."

기사는 변명을 하고는 이내 주변의 기사에게 눈치를 주었다.

눈치를 받은 기사는 빠르게 대기실로 가서 통신을 연결하였다.

제국의 귀족이었고 백작가라면 이는 보통의 일이 아니었

기 때문이다.

"여기는 정문의 경비대입니다. 지금 카이라 제국의 백작가의 자녀분으로 보이는 분이 수행 기사도 없이 혼자 정문에 와서 산적들에게 당했다고 하며 도착해 있습니다."

"카이라 제국이라고 했나? 그리고 혼자라고?"

"예, 카이라 제국의 백작가라고 했습니다."

"이… 인장은 확인하였나?"

"눈으로 보기는 했지만 아직 확인을 하지 않았습니다. 지금쯤 확인을 하고 있을 것입니다. 저는 사태가 급하다는 생각에 먼저 보고를 드리는 것입니다."

기사의 말에 통신을 받고 있는 경비대 사령관인 자이넨 자작은 심각한 얼굴이 되었다.

제국의 귀족이 무슨 일로 왕국에 왔는지는 모르지만 산적을 만나 당했다는 것은 정말 왕국의 입장에서는 치욕적인 일이 되기 때문이다.

귀족가의 자녀들이 가끔 여행을 하기 위해 한두 명의 기사를 대동하고 다닌다는 것을 알고 있는 자작은 만약에 기사들이 죽었다면 이는 상당히 문제가 심각해질 것을 염려하였다.

제국의 귀족이 왕국에 와서 산적들에게 당했다면 이는 그 왕국의 체면이 말이 아니기 때문이었다.

산적들에게 기사가 당하였다는 것은 충분히 고민이 되는

문제였다.

브레인의 발언으로 인해 헤이론 왕국은 발칵 뒤집어지고
말았다.

브레인이 있는 정문에는 기사가 정중하게 인장의 확인을
원하고 있었다.

"죄송하지만 인장을 확인하게 해 주시기 바랍니다."

브레인은 기사의 말에 타국의 귀족이니 인장을 확인하는
것은 당연한 처사였기에 손에서 반지를 빼 기사에게 주었
다.

"여기 있소."

브레인이 당당하게 인장을 빼 주니 기사는 반지를 받아
인장을 확인하기 시작했다.

귀족의 인장은 마법으로 만들어져서 마법 물품으로 판단
을 하고 있었다.

마법 물품을 이용하게 되면 반지의 유무가 바로 판단이
되기 때문이었다.

기사는 인장이 가짜가 아님을 확인하고는 다시 인장을
브레인에게 돌려주며 정중하게 사과를 하였다.

"감사합니다. 신분을 확인하였습니다."

기사는 최대한 정중하게 인사를 하고 있었다.

제국의 귀족들에게 실수를 하게 되면 자신의 인생에 치
명적이기 때문이다.

자신의 눈앞에 있는 브레인은 제국의 고위 귀족이었기에 더욱 조심스러울 수밖에 없는 입장이었다.

"이제 안으로 들어가도 되겠소?"

"그렇게 하십시오. 기사가 안내를 해 드리겠습니다."

"고맙소. 그럼 부탁드리겠소."

"제리코 자네가 직접 영광의 자리로 안내해 드리게."

경비대의 기사의 안내로 브레인은 편하게 안으로 들어가게 되었다.

브레인은 자신이 신분을 밝히니 이렇게 대접이 달라지는 것을 보고는 이러니 귀족을 하려고 한다는 생각이 들었다.

평민들을 대하는 것과는 정말 다른 기분을 느낄 수 있었으니 말이다.

브레인은 기사의 안내로 왕국의 수도에서 가장 좋은 호텔로 안내를 받았다.

호텔의 입구에는 귀족들만 출입을 할 수 있다는 말이 써져 있는 것을 보니 여기는 귀족 전용의 호텔 같았다.

경비대의 기사가 직접 안내를 하는 브레인을 보고 호텔의 종업원은 바로 지배인에게 보고를 하였다.

왕국에서 호텔이 생기고 경비대의 기사가 직접 안내를 하는 귀족은 없어서였다.

"지배인님, 지금 경비대의 기사님이 직접 안내를 하시는 귀족분이 도착하셨습니다."

"아니, 경비대의 기사가 직접 안내를 하였다는 말인가?"

"예, 저의 눈으로 보았습니다."

호텔의 지배인은 종업원을 말을 듣고는 빠르게 자리를 박차고 나갔다.

입구에는 경비대의 기사가 정중하게 인사를 하는 모습이 보였다.

"그럼, 편히 쉬십시오."

"고맙소. 나중에 이 은혜는 갚겠소."

기사는 브레인의 말에 기쁜 얼굴을 하고 돌아갔다.

제국의 귀족이 은혜를 갚는다는 말을 하였으니 이는 반드시 지킬 것이라고 믿었다.

호텔의 지배인은 브레인에게 달려가서 정중하게 인사를 하였다.

"어서 오십시오. 저는 호텔의 지배인을 맡고 있는 포인트라고 합니다."

"아, 반갑네. 여기서 좀 묵으려고 하는데 좋은 방이 있는가?"

브레인은 지배인의 이름을 듣고 평민이라는 사실을 알았기에 편하게 반말을 하고 있었다.

귀족이 그것도 제국의 귀족이 평민에게 존댓말을 한다는 것은 있을 수가 없는 일이었다.

그러니 브레인의 자신의 존재감을 보여 주기 위해 어쩔

수 없는 선택이었다.

지배인은 브레인의 말에 아주 황공한 표정을 지으며 대답을 하였다.

"문제없습니다. 최고로 좋은 방으로 모시겠습니다."

지배인은 자신의 호텔에서 가장 좋은 방이 비어 있다는 것을 알고 속으로 쾌재를 불렀다.

그동안 그 방을 이용할 귀족이 없어 비워 두었는데 이제 방의 주인이 나타난 것이니 말이다.

브레인은 지배인의 안내로 가장 특급의 방으로 갔다.

지배인이 직접 문을 열어 주어 안으로 보니 이거는 브레인의 상상을 초월할 정도로 화려하게 꾸며져 있는 방이었다.

'헉! 이런 곳에서 사는 것이 귀족이라는 말인가?'

브레인은 자신이 지금까지 머문 여관의 방도 좋았다고 생각했는데 지금 눈으로 보고 있는 방에 비하면 창고의 수준이라는 것을 깨달았다.

하지만 겉으로는 놀란 표정을 보여 줄 수는 없으니 그저 담담한 표정을 지으며 고개를 끄덕였다.

"이 정도면 묵을 만하군. 수고하였네. 아, 그리고 여기서 보석을 바꾸어 줄 수도 있는가?"

"예, 당연히 가능합니다. 저희 호텔에는 일급의 보석 감정사가 항시 대기를 하고 있습니다."

"그러면 이 보석을 감정해 주게."

브레인은 수도에 도착을 하면 사용하려고 품에 넣어 두었던 보석을 지배인에게 보여 주었다.

브레인은 모르지만 지금 눈에 보이는 보석은 드워프가 직접 세공을 하여 눈이 부실 정도로 아름다운 보석이었다.

지배인도 많은 보석을 보았지만 지금처럼 아름다운 보석은 처음으로 보았는지 입이 저절로 벌어지고 말았다.

브레인은 그런 지배인을 보고 다시 말을 하였다.

"감정을 하지 않는가?"

브레인의 말에 지배인은 정신이 들었는지 고개를 흔들고는 빠르게 대답을 하였다.

"지금 바로 감정사를 부르겠습니다."

"그렇게 하게."

지배인은 대답과 동시에 빠르게 방을 나갔고 지배인이 나가자 브레인은 한숨을 쉬었다.

"휴우, 이거 귀족의 행세를 하는 것도 그리 쉬운 일은 아니네."

브레인이 귀족으로 행세를 하는 이유는 이제 자신의 가문을 일으켜 세우기 위해 헤이론 왕국의 수도로 온 것이었다.

비록 제국이 아니기에 왕국의 귀족들과는 다르겠지만 발판을 만들 수는 있다고 생각하고 있었다.

브레인은 일단 몸을 씻고 싶었기에 바로 목욕을 하려고 씻는 곳을 찾았다.

하지만 시골 촌놈이 이런 방을 사용한 적이 없으니 어디에 무엇이 있는지를 알 수가 없었던 것이다.

"이런, 씻는 방이 어디인지를 모르겠으니 어쩌지?"

결국 브레인은 가장 확실한 방법인 각 방을 모두 확인하는 것으로 결론을 내렸고 빠르게 방을 확인하기 위해 움직였다.

귀족들은 지금 브레인이 사용하는 호텔과 같은 저택에서 생활을 하기 때문에 대강 어디에 무엇이 있는지는 알고 있어 생활하기는 그리 문제가 아니었지만, 난생처음으로 이런 방을 사용하는 브레인으로서는 어쩔 수 없는 선택이었다.

한참을 찾으니 목욕을 하는 방을 찾을 수 있었다.

귀족들이 사용하는 곳이 다른 곳과는 많이 달라 처음에는 의심이 가서 직접 확인을 하여 겨우 찾은 곳이었다.

"이렇게 씻는 것도 힘이 드니 이거 정말 귀족 행세를 하다가 멍청이가 되겠네."

브레인은 아버지에게 배운 예법은 있었지만 문제는 눈으로 직접 본 것이 없으니 이렇게 사소한 것에서도 곤란을 겪고 있었다.

똑. 똑. 똑.

"누군가?"

"감정사를 데리고 왔습니다."

브레인은 씻기 위해 고생을 하며 찾은 목욕탕에 가지 못하게 되어 조금 기분이 나빠졌지만 찾아온 손님을 기다리라고 할 수는 없는 일이라 결국 감정을 먼저 하게 되었다.

"들어오게."

문이 열리며 들어오는 지배인과 그 뒤에 화려한 복장을 한 장년의 남자가 보였다.

"여기 저희 호텔의 일급 감정사입니다. 인사드리게."

"일급 감정사 카스라고 합니다."

"반갑네. 여기 보석이 있으니 감정을 해 보게."

브레인은 자신이 가지고 있는 보석을 감정사에게 주었다.

감정사는 브레인이 주는 보석을 보더니 눈빛이 달라지며 손을 떨며 보석을 받았다.

"이…… 이렇게 귀한 보석을 보게 되다니……."

감정사는 얼마나 놀랐는지 목소리도 떨리고 있었다.

지배인은 감정사의 반응을 보고는 눈앞에 있는 보석이 엄청나게 귀한 것이라는 것을 느꼈다.

한참의 시간이 지나자 감정사는 브레인을 보며 입을 열었다.

"저는 이 보석의 가격을 매길 수가 없습니다. 이런 보석은 경매를 통해 파시는 것이 좋을 것 같습니다."

감정사가 가격을 정하지 못한다는 소리는 브레인도 처음

듣는 소리라 의문스러운 눈빛으로 감정사를 보았다.

지배인은 감정사의 말에 황당함과 당혹감에 빠져 버렸다.

호텔의 이미지를 생각해서 저런 말을 하면 안 되기 때문이었다.

감정사는 브레인의 얼굴을 보고 있었기 때문에 의문스러운 눈빛에 대해 바로 말을 해 주었다.

"이 보석은 가격을 매길 수 없을 정도의 가치를 가지고 있는 물건입니다. 아마도 지금 나와 있는 보석들 중에서 가장 좋은 보석이라 생각이 듭니다. 그러니 제가 감히 가격을 정하지 못한다는 말이지요. 가격을 원하시면 경매를 통해 파시는 것이 가장 좋을 것입니다."

감정사는 솔직하게 자신이 알고 있는 것을 말하였지만 브레인은 이해를 하지 못하고 있었다.

저 보석은 분명히 자신이 가지고 있는 주머니 속에서 꺼낸 것이고, 수많은 보석 중에 아무거나 한 개를 꺼낸 것인데 저런 엄청난 보석이라는 소리를 들으니 앞으로 걱정이 되는 브레인이었다.

자신이 가지고 있는 보석들이 그렇게 가치가 높은 것이라면 앞으로 자신의 행보에 문제가 생길 것이라는 생각이 들었다.

"카스 님. 그렇다고 그냥 가시면 곤란합니다."

지배인은 보석의 가치가 엄청난 것은 알겠는데 호텔의

이미지를 생각해서라도 저러고 가면 곤란해져서 하는 말이었다.

"보석에 대해서는 걱정하지 않아도 되네. 내가 마스터께 직접 알려 드리면 되니 말이야."

브레인의 입장에서는 보석을 팔아야 했기에 결국 경매장에 대해 알아야 했다.

"경매를 하는 곳은 어디에 있는가? 그리고 그 경매를 하려면 어찌해야 하는가? 여기는 우리 제국과는 다른 곳이라 묻는 것이네."

브레인은 각국이 경매를 하는 방법이 다르다는 것을 알기에 물었다.

카스는 브레인의 질문에 바로 대답을 하였다.

"귀족님께서 파시려는 보석은 아마도 많은 시간이 걸려야 할 것입니다. 저 정도의 보석을 살 사람도 알아보아야 하니 말입니다. 일단 경매를 하는 곳은 여기 지배인이 안내를 해 드릴 수 있습니다. 경매를 하시려면 신분과 물건만 주시면 나머지는 경매장에서 알아서 하니 그리 걱정을 하지 않으셔도 됩니다."

경매장은 나라에서 운영을 하는 것이라 물건의 분실에 대해서는 왕국에서 배상을 해 주었다.

아직 한 번도 분실된 적은 없었지만 말이다.

브레인이 이렇게 보석에 정신이 팔려 있을 때, 헤이론 왕국의 왕실에서는 지금 각 귀족들이 급히 모여 회의를 하고 있었다.

"제국의 귀족이 그것도 백작가의 귀족이 우리 왕국에서 산적을 만나 기사들을 잃었다고 하는데 이를 어쩌면 좋겠소?"

"폐하, 제국의 귀족이 우리 왕국에 온 이유는 모르지만 기사들을 잃었다고 하면 이는 전쟁의 빌미를 주는 일이옵니다. 그러니 일단 그 귀족을 달래는 것이 급선무입니다."

"그렇습니다. 제국의 귀족을 불러 직접 그의 말을 듣는 것이 좋을 것입니다. 그리고 만약에 기사를 잃었다면 그에게 합당한 보상을 해 주어 제국의 분노를 피하는 것이 가장 좋은 방법입니다."

왕국의 귀족들도 제국이 얼마나 강하고 야욕이 많은 나라인지를 알고 있기 때문에 어떻게 하든지 방법을 찾으려고 하였다.

대륙의 귀족법에 의하면 귀족은 어느 나라에 가든지 귀족으로 보호를 받을 자격이 있다고 되어 있었다.

그런데 자국도 아니고 타국에서 기사를 잃었다고 하면 이는 그 나라에 책임이 있다고 보기에 헤이론 왕국의 입장에서는 죽을 맛이었다.

그만큼 타국의 귀족을 배려하는 차원에서 만들어진 대륙법이었다.

"어찌 되었던 우리 왕국에 제국의 귀족이 와 있는 것은 사실이니 일단 바이라크 백작이 그 귀족을 만나 보고 오시오. 바이라크 백작이 갔다 오면 그때 다시 의논을 하도록 합시다."

"예, 폐하."

"알겠습니다. 신이 직접 만나 보고 확실한 사정을 알아오겠습니다."

바이라크 백작은 국왕의 얼굴을 보고 대답을 하고는 바로 왕궁을 빠져나왔다.

하지만 바이라크 백작도 속으로는 짜증이 나고 있었다.

귀족이 타국에서 망신을 당했으니 그 나라에 화가 나는 것은 당연한 일이었다.

제국의 귀족들이 얼마나 골치 아픈 존재들인지는 바이라크 백작도 알고 있기에 머리가 아팠다.

"허어, 이거 골치 아픈 일을 맞았으니 어떻게 처리를 하는 것이 가장 좋을까?"

바이라크 백작은 고민을 하며 집으로 돌아갔다.

저택으로 돌아온 바이라크 백작은 내일 당사자를 만나 어찌 이야기를 풀어 가야 할지를 고민하기 시작했다.

백작이 고민하는 모습에 백작 부인은 슬그머니 물었다.

"무슨 일이신데 그렇게 고민을 하고 계세요?"

"아니, 아니오. 왕궁에 갔다가 골치 아픈 일이 생겨서 그렇소."

바이라크 백작은 부인이 자신 때문에 걱정하게 만들고 싶지 않아 그렇게 대답을 하였지만 얼굴에는 수심이 가득하였다.

"그러지 말고 이야기를 해 보세요. 혼자 고민하는 것보다는 둘이 하는 것이 좋은 방법을 찾을 수도 있으니 말이에요."

부인의 말에 일리가 있다고 생각한 바이라크 백작은 오늘 왕궁에서 있었던 일을 상세히 이야기 해 주었다.

백작 부인은 말을 듣는 동안은 조용히 있다가 백작의 말이 끝나자 입을 열었다.

"제국의 귀족 때문에 그런 것이라면 그 당사자를 만나는 것이 가장 빠르겠네요."

"그렇지만 제국의 귀족들이 우리 왕국을 우습게보고 있다는 것이 문제요. 그러니 상대를 하려고 하는 귀족이 없을 정도이니 말이오."

백작의 고민을 듣고 있던 부인은 잠시 생각을 하는 표정이었다.

제국의 위상을 생각하면 당연히 거들먹거리는 귀족들이 많을 것이라는 생각이 들었다.

그런 사람을 현명하게 처리하는 것이 가장 좋은 방법인데 문제는 그 방법을 찾아야 한다는 것이다.

한참을 생각하고 있던 부인이 갑자기 좋은 생각이 떠올랐는지 백작을 보며 입을 열었다.

"이렇게 해 보시는 것은 어떨까요?"

"어떻게 말이오?"

바이라크 백작은 부인이 무슨 좋은 방법을 찾은 것 같아 기대 어린 눈빛으로 보았다.

"제국의 귀족이 산적을 만나 기사들을 잃었다면 이는 산적의 실력이 기사와 같은 동급이라는 이야기지요. 그렇다면 우리 왕국에서는 산적이 아니라 반군으로 몰아가는 거예요. 왕국에 좋지 않는 감정을 가진 귀족을 찾아 이번에 확실하게 정리를 하는 것이지요. 그러면 아무리 제국의 귀족이라고 해도 우리 왕국의 내정에 간섭을 할 수는 없는 일이니 왕국이 해를 입는 일은 없을 거예요."

바이라크 백작은 부인의 말에 아주 좋은 방법이라고 생각이 들었다.

왕국에 반감을 가진 귀족은 얼마든지 있으니 그들도 정리하고 제국의 귀족에게도 충분히 설명이 되는 일이었기 때문이다.

"좋은 방법이오. 부인."

바이라크 백작은 감격한 눈빛으로 부인을 보았다.

부인은 오늘도 남편의 넘치는 사랑을 받을 생각을 하니 얼굴이 저절로 붉어지고 있었다.

저렇게 감격을 하는 날에는 다음 날 남편의 코피가 터지는 날이었기 때문이다.

바이라크 백작은 이제 고민이 해결이 되었지만 브레인은 아직도 보석에 대해서 고민을 하고 있었다.

"이거 참, 골치 아픈 일이네. 가지고 있는 보석 중에 가장 작은 것을 꺼내었는데 이런 결과가 나오면 다른 보석은 아예 꺼내지도 못하겠군."

브레인이 걱정하는 것은 바로 자금의 부족이었다.

왕국에 저택을 구매하려면 그만한 자금이 있어야 하는데 자신이 가지고 있는 자금을 사용하지 못하게 되면 이는 곤란한 상황이 되기 때문이었다.

브레인은 일단 헤이론 왕국에 거점을 만들어 두고 움직이려고 하였는데 시작부터 곤란한 상황이 되었으니 고민이 되었다.

"내가 고민을 한다고 없는 방법이 생기는 것도 아니고 우선 보석을 경매로 처분하고 보자."

브레인은 그렇게 결정을 하니 마음이 편해졌다.

지배인과 감정사에게는 보석에 대해서는 비밀로 해 달라고 하였지만 과연 지켜질지는 아무도 모르는 일이었다.

자신이 귀족이니 쉽게 생각지는 않겠지만 그래도 사람의 일은 모르니 대비를 해야 했다.

하지만 자신이 가지고 있는 마법 주머니를 다른 곳에 둘 수는 없는 일이었다.

"마법 주머니를 어떻게 처리를 하지? 아무도 모르는 곳에 감추어 두면 되지만 그런 장소가 있는지가 문제이니 이거 참 골치 아프네."

브레인은 일단 다른 생각은 하지 말고 몸부터 씻어야겠다고 생각하고 바로 목욕을 하러 갔다.

지배인에게는 자신이 입을 옷을 준비하라고 지시를 해주었기 때문에 걱정이 없었다.

목욕을 마치고 우선은 예비로 가지고 있는 옷을 입으면 되니 말이다.

브레인이 목욕을 하고 있는 시각 지배인은 복면을 한 남자와 은밀히 대화를 하고 있는 존재가 있었다.

"오늘 우리 호텔에 묵는 손님에게 엄청난 보석이 있으니 절대 들키지 않고 처리를 해야 하오."

"걱정 마시오. 우리는 그 방면에는 전문가이니 말이오."

"그런 말이 아니라 그 귀족을 데리고 온 기사가 바로 경비대의 기사라는 말이오."

"헉! 경비대의 기사가 직접 안내를 하였다는 말이오?"

"그렇소. 아무래도 신분이 상당해 보이는 귀족이니 조심을 하라는 말이오."

복면인은 정말 놀란 얼굴을 하며 지배인을 보았다.

경비대의 기사들은 자존심이 매우 강해 절대 누구를 안

내하는 일은 없었는데, 그런 경비 기사들이 직접 안내를 하였다면 보통의 신분은 아니라는 말이었다.

헤이론 왕국이 생기고 이런 특별한 경우는 처음이라 복면인도 당황하였다.

"혹시, 왕족이 아니오?"

복면인의 말대로 왕족이라면 충분히 이해가 가는 일이었지만 지배인이 보기에는 왕족은 절대 아니라는 판단이 들었다.

"아니오. 내가 보기로 왕족은 절대 아니었소."

"흠, 왕족도 아닌 사람이 그런 대단한 보석을 가지고 있다는 것이 믿어지지 않소."

"나도 그렇소. 누구인지는 모르지만 분명한 것은 그자가 보석을 가지고 있다는 것이 중요하오."

지배인의 말에 복면인도 고개를 끄덕였다.

지배인과 복면인은 오랜 시간 동업을 해 온 사이였다.

그동안 호텔을 찾은 손님 중에 뒤탈이 없는 손님을 이들에게 알려 주었고, 이들도 확실한 보상을 해 주었기 때문에 지금까지 관계가 이어져 온 것이다.

"알겠으니, 그만 돌아가시오."

"그럼, 이만 물러가오."

지배인이 나가자 복면인의 눈빛이 달라졌다.

아까의 눈빛은 그저 평범하다고 할 수 있었지만 지금은

날카로운 빛을 내는 것이 최소한 익스퍼트 급의 실력을 가진 눈빛이었다.

저런 실력을 가진 자가 왜 도둑질을 하고 있는지는 모르지만 브레인의 앞길에 절대 도움이 안 되는 존재들이었다.

"누군지는 모르지만 우리에게 도움을 주려고 나타난 존재이니 이번에 확실히 챙겨야겠군."

복면인은 혼자 중얼거리며 조용히 자리에서 사라졌다.

마치 어세신의 기술을 익히고 있는 사람처럼 말이다.

하지만 이들이 모르는 것이 있었으니 브레인이 이미 도둑을 당하고 나서 주머니 안에 자신에게 도움을 줄 수 있는 물건을 찾게 되었고, 열심히 뒤져 얻은 소득이 있었으니 바로 마법이 걸린 단검이었다.

단검에는 상처를 치료하는 힐과 공격 마법으로 파이어볼이 새겨져 있는 물건이었다.

고 써클의 마법사라면 충분히 만들 수 있는 마법 물품이었지만 브레인이 가지고 있는 단검과는 달랐다.

브레인이 가지고 있는 단검은 하루 종일 사용을 해도 마나가 부족하지 않는 그런 단검이라 지금의 마법사는 절대 만들 수 없는 그런 물건이었다.

아직 브레인이 마법에 대해 무지하다 보니 단검만 건졌지만 마법에 대해 알게 되면 다른 물건들도 발견하게 될지도 몰랐다.

상쾌한 아침을 맞이하는 브레인은 크게 기지개를 켰다.

"으하암! 이제부터는 나의 새로운 인생이 시작되는구나."

브레인은 일어나자 즐겁게 웃음을 지으며 하루를 시작할 준비를 하였다.

지배인이 새로운 옷을 준비 놓았기 때문에 이제부터는 귀족으로서 새로운 생활을 해야 했기 때문이다.

귀족들이 입는 옷은 어떤 것인지는 모르지만 브레인은 준비된 옷을 입으며 부드러운 옷감의 감촉을 즐겼다.

영광의 호텔은 헤이론 왕국에서도 알아주는 일류의 호텔이었기에 숙박을 하는 손님에게 최선을 다해 입맛에 맞게 준비를 하고 있었다.

많은 손님의 입맛을 맞추려면 쉽지 않은 일이었지만 영광의 호텔은 손님들을 만족시키기 위해 준비를 하고 있었다.

브레인은 즐거운 마음으로 식당이 있는 곳으로 내려갔다.

식당에는 이미 많은 사람들이 모여 즐겁게 식사를 하고 있어서 브레인의 눈을 즐겁게 해 주고 있었다.

아름다운 숙녀들이 식사를 하는 모습은 브레인이 처음으로 보는 광경이었다.

귀족가의 여식들은 식사에 대한 예법을 지키며 최대한 아름답게 보이기 위해 노력하는 모습이 처음으로 보고 있는 브레인의 눈에는 이쁘기만 했다.

"하하하, 숙녀들이 식사를 하는 모습도 이쁜 것을 보니 나도 이제 장가를 가야 하는 시점이 된 것 같은데 말이야."

브레인은 결혼에 대해서는 상당히 긍정적으로 생각하고 있었다.

집에 부모님을 생각하면 최대한 빨리 결혼을 하여 손자를 보여 주고 싶은 마음이었다.

물론 자신의 계획을 버리고까지 결혼을 할 생각은 없었지만 말이다.

가문을 세우고 아버지의 축복을 받으며 하고 싶은 것이 브레인의 마음이었다.

"아버지와 어머니가 축복을 해 주는 결혼식을 해야 가족이지."

브레인은 그렇게 생각하며 즐거운 얼굴로 식사를 주문했다.

오늘은 할 일이 많아서였다.

호텔의 식사는 아주 마음에 드는 식사였다.

브레인은 식사를 마치고 바로 나가려고 하였지만 호텔의 입구에는 자신을 기다리는 인물이 있었다.

"카이라 제국의 브레인 님이십니까?"

"그렇소만 누구신지?"

브레인에게 말을 건 사람은 바로 바이라크 백작이었다.

백작은 브레인이 아침에 나갈 것을 예상하여 최대한 빨리 호텔에 도착하여 알아보니 식사를 하려고 하는 중이라 그냥 기다리고 있었다.

　"헤이론 왕국의 바이라크 백작이라고 합니다. 잠시 시간을 내주셨으면 합니다."

　상대가 아주 정중하게 나오니 브레인도 정중하게 말을 할 수밖에 없었다.

　이는 귀족으로 지켜야 하는 예법이었기 때문이다.

　"그렇게 하지요. 그런데 어디로 가시려는지요?"

　"여기는 차를 마시는 장소가 따로 있으니 그리 가시지요."

　바이라크 백작은 호텔에 대해 잘 아는 사람처럼 브레인을 안내하였다.

　브레인은 아침부터 찾아온 뜬금없는 손님인 바이라크 백작과 차를 마시게 되었다.

　"어제 저희 왕국에 도착을 하시면서 산적들 때문에 기사들을 잃었다고 들었습니다."

　브레인은 어제 자신이 산적 때문에 고생을 하였던 기억을 떠올리며 기사들에게 하소연을 한 기억이 있었다.

　아마도 산적에게 기사를 잃었다고 오해를 하고 자신을 찾아온 모양이었다.

　"산적이 그렇게 강할지는 몰랐습니다."

브레인은 간접적으로 대답을 해 주었지만 듣고 있는 바이라크 백작의 입장에서는 충분히 오해를 하게 만들었다.

"저희 왕국에는 지금 반란을 준비하는 귀족들이 있습니다. 아마도 그 귀족들의 기사들이 산적으로 위장을 하였던 것 같습니다."

"무슨 말씀이신지요?"

"산적이 강한 이유가 바로 기사들이 위장을 해서 벌어진 일이라는 것입니다."

바이라크 백작은 상대를 이해시키기 위해 자세히 설명을 하였다.

브레인은 바이라크 백작의 말을 들으며 대강 눈치로 상황을 때려잡을 수가 있었다.

눈치 하면 브레인이었기에 지금의 상황이 자신 때문에 일어난 것은 충분히 알 수 있었다.

"흠, 우리 솔직하게 이야기를 하지요. 왕국에서 해 줄 수 있는 것이 무엇입니까?"

브레인은 가장 직설적으로 질문을 하였다.

아마도 자신이 제국의 귀족이라 왕국에서는 상당히 골치 아파 하는 모양이었다.

바이라크 백작은 상대가 말이 통한다는 생각에 입가에 미소를 지었다.

"원하시는 것이 무엇인지는 모르지만 충분히 사례를 해

드리겠습니다."

"그러면 오늘 이야기를 해야 하는지요?"

"아닙니다. 언제든지 말씀을 하시면 바로 해 드리겠습니다. 이는 왕국에서 보증을 해 드리지요."

브레인은 바이라크 백작의 말에 다른 말은 하지 않고 무심한 눈초리로 바라보았다.

그런 눈빛에 오히려 바이라크 백작이 당혹스러웠다.

'이자가 이런 눈빛을 하는 이유가 무엇이지? 혹시 나의 말이 마음에 들지 않는 다는 것인가?'

바이라크 백작은 혼자 생각을 하고 결론을 내리고 있었다.

브레인은 바이라크 백작이 하는 말을 듣고는 제국과 왕국의 차이점을 깨달았다.

'왕국이 제국보다는 약하기 때문에 이렇게 숙이고 있는 것인가?'

헤이론 왕국에서 태어나 나름 왕국이 강하다고 생각했는데 그것이 아닌 모양이었다.

"제가 원하는 것은 왕국의 수도에 나만의 저택과 경비를 할 병력들이 있었으면 좋겠습니다. 수도라고 해도 아직은 위험한 곳이라는 것은 변하지 않으니 말입니다."

브레인의 말에 바이라크 백작은 헤이론 왕국은 아직 위험한 곳이라는 말로 들렸다.

타국의 귀족이 왕국의 수도에 저택을 가지는 것은 거의 없는 일이었지만 지금은 상황이 다르기 때문에 충분히 가능성이 보였다.

"알겠습니다. 원하는 것을 국왕 폐하께 이야기해 보겠습니다."

바이라크 백작은 저택과 병사들로 해결이 될 수 있다면 국왕을 충분히 설득할 자신이 있었다.

브레인은 공짜로 저택이 생기는 일이기에 망설일 이유가 없었다.

"그러면 기다리겠습니다."

"알겠습니다. 나중에 뵙지요."

바이라크 백작은 그렇게 인사를 하고 바로 왕궁으로 갔다.

브레인은 이 황당한 상황을 어떻게 이해를 해야 하는지를 생각하게 되었지만 말이다.

하지만 결국 좋은 것이 좋다고 그냥 받아들이기로 했다.

바이라크 백작은 왕궁에 도착하여 국왕에게 자신의 계책을 이야기해 주었다.

"제가 보기에는 제국의 귀족에게 해 줄 수 있는 방법이 이것밖에는 없었습니다. 폐하."

국왕은 바이라크 백작의 말에 조금 기분이 상한 얼굴이 되었지만 그 방법이 그리 나쁘지 않다는 것에 그냥 넘어가기로 했다.

"아니오. 자국의 입장을 충분히 이해를 시키기 위해 짠 계책이니 어쩔 수 없는 일이었지 않소. 수고하였소. 백작."

"황공합니다. 폐하."

국왕도 제국의 귀족과 마무리가 잘되었다는 것에 만족하였다.

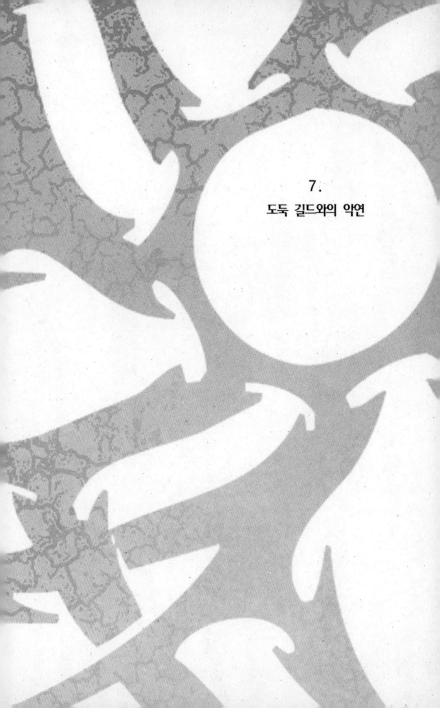

7.
도둑 길드와의 악연

바이라크 백작과 인연이 결국 브레인에게는 많은 도움이 되었다.

　호텔에서 바이라크 백작과 이야기를 나누는 모습을 보았던 사람들의 시선이 모두 호의적으로 변해서였다.

　헤이론 왕국에서 바이라크 백작의 위치는 작지 않았기 때문이었다.

　브레인은 우선 경매장에 가서 보석을 경매하기 위해 지배인과 함께 이동을 하고 있었다.

　마법 주머니는 미안하지만 품에 있는 것이 아니라 아래 품에 감추어 두었다.

　가슴 쪽에는 소매치기를 당했다는 사실을 알고는 스스로

조심해서였다.

자신의 품에는 보석과 금화가 들은 주머니밖에는 없었다.

"지배인 이리로 가면 경매장이 나오는가?"

"예, 조금만 가시면 경매장이 나옵니다."

"시간이 없으니 빨리 가도록 하지. 다른 곳에도 볼일이 있으니 말이야."

"예, 그렇게 하겠습니다."

브레인이 가는 길에는 경비대의 기사가 호위를 하고 있었다.

이는 바이라크 백작이 국왕에게 이야기를 하여 브레인의 안전을 지키기 위해 준비를 해 주었던 것이다.

브레인은 기사와 지배인의 안내로 경매장에 도착을 하게 되었다.

헤이론 왕국의 경매장은 왕국의 직영으로 운영을 하는 곳이라 철통같은 경비를 서고 있었다.

지배인의 안내로 경매장의 관계자를 만난 브레인은 보석을 주며 경매를 의뢰하였다.

"이 보석을 경매에 붙여 주시오."

"알겠습니다. 저희에게는 오프로의 마진을 주셔야 합니다."

"알고 있소. 시간이 없으니 최대한 빨리 진행을 해 주시오. 그러면 따로 사례를 하겠소."

경매를 진행하는 자는 작위를 가진 귀족이었기에 브레인도 말을 함부로 할 수가 없는 입장이었다.

브레인과 말을 하고 있는 진행자도 브레인이 제국의 귀족이라는 사실을 알고 있기에 최대한 조심스럽게 대하고 있었다.

대강 브레인의 상황을 들었기 때문이다.

지배인은 브레인이 보석을 한 개만 가지고 있지는 않다고 생각하고 있었다.

그래서 지금 눈에 보이는 보석은 경매를 진행하게 하면서 나머지 보석들을 노리고 있었다.

브레인은 그런 지배인의 마음을 모르고 있지만 본인이 우선 조심을 하고 있었다.

"일주일 정도의 시간이 걸리니 일주일 후에 뵙겠습니다."

경매는 최소한 일주일의 시간이 필요했다.

"알겠소. 그때 다시 봅시다."

브레인은 간단하게 인사를 마치고 다시 호텔로 돌아가기 위해 움직였다.

브레인이 경매장과 조금 거리가 떨어지자 갑자기 사방에서 복면을 쓴 사람들이 나타나며 마차를 막았다.

눈치 빠른 지배인은 복면인들이 나타나자 재빠르게 사라져 버렸다.

"누구냐?"

챙!

왕국의 경비대에 속해 있는 기사는 바로 검을 뽑으면 복면인들을 보았다.

브레인도 마차에서 내려 기사가 막고 있는 이들이 누군지는 모르지만 자신한테 결코 좋은 감정을 가지고 오지 않았다는 것을 알았다.

"그대들은 누군가?"

"그런 것이 중요하오? 당장 목숨이 중요하지 않소?"

"내 목숨이 호주머니 속의 물건이었던가?"

브레인은 태연하게 이들의 말에 반응을 보이니 복면인들은 어이가 없다는 표정을 지었다.

"우리는 다른 것은 필요 없으니 그대가 가지고 있는 보석만 주면 조용히 사라지겠소."

"보석을 넘겨 달라고? 아니, 헤이론 왕국은 전부 도둑놈들만 있는 것이냐? 전에는 산적이 나타나더니 이번에는 강도냐?"

브레인은 도둑의 무리를 보고는 전에 자신의 물건을 잃은 기억이 나자 화가 났다.

브레인의 옆에 있는 경비대 기사는 이들이 왕국의 도둑 길드원이라는 것을 알고 있었지만 아무 말을 하지 않고 있었다.

자칫하다가는 왕국의 입장이 상당히 곤란해지기 때문이었다.

도둑들은 기사가 있다는 것을 알고 만반의 준비를 하였는지 일행 중에도 상당한 실력을 가진 자도 있었다.

브레인은 오늘 일이 쉽게 해결되지 않을 것이라는 생각이 들자 그동안 자신이 익힌 검술을 믿기로 했다.

"나는 너희들에게 줄 물건이 없으니 그냥 돌아가라. 그냥 가면 오늘의 일은 없었던 일로 하겠다."

브레인이 도둑들을 보고 돌아가라고 하였지만 이들은 그냥 돌아가려는 마음이 없는 모양이었다.

"하하하, 그냥 가려고 하였으면 이렇게 나타나지도 않았을 것이오. 그러니 죽고 싶지 않으면 가지고 있는 물건을 주었으면 하오."

도둑의 수장으로 보이는 남자가 제일 뒤에서 호탕하게 웃으면서 말을 하였다.

브레인은 도둑놈들이 제법 호기를 지녔다고 생각을 하였지만 자신의 물건을 줄 마음을 없었다.

"나는 줄 것이 없는데 너희들은 달라고 하니 결국은 그냥 넘어가지는 못하게 되는군그래."

브레인은 침착한 말에 도둑 길드의 인원들도 조금 긴장하기 시작했다.

"나는 경비대의 기사인 제이슨이다. 감히 너희들이 왕국의 손님에게 이런 행동을 하는 것이냐?"

제이슨의 말에 도둑 길드의 수장은 조금 놀라는 얼굴이
었지만, 이내 마음을 추스르고 제이슨을 보며 대답을 하였
다.

"우리는 저기 계시는 손님이 가지고 있는 물건이 필요하
니 그것만 주면 조용히 물러가겠소."

수장은 지배인의 말을 듣고 브레인이 다른 보석도 가지
고 있다고 판단하고 있었다.

한 개만으로도 엄청난 가격이었기에 이번 일은 절대 포
기할 수 없는 일이었다.

"감히 왕국의 수도에서 귀족에게 강도짓을 하다니, 그러
고도 너희들이 살아남을 수 있을 것 같으냐?"

제이슨의 말에 도둑들 중에 흔들리는 사람이 있기는 했
지만 이미 시작한 일이라 이제는 어쩔 수 없는 상황이었다.

브레인은 속으로 지금의 상황에 대해 여러 가지로 생각
을 하고 있었다.

마법 주머니는 누구에게도 절대 줄 수 없다는 것이 브레
인의 생각이었다.

"나는 너희들에게 줄 물건이 없으니 그대들 마음대로 해
보아라. 그러나 결코 쉽지가 않을 것이다."

브레인의 말에 복면인들의 눈빛이 살벌하게 변하고 있었
다.

"흐흐흐, 귀족들은 항상 너처럼 바보 같은 결정을 하지. 그런데 이상하게도 죽기 전에는 살려 달라고 하는 놈들이 있더라고."

복면인은 살인을 피하려고 하는 눈치였다.

그렇지만 브레인의 입장에서는 죽는 일이 있어도 물건을 주고 싶지가 않았다.

브레인은 용병들에게 검을 도둑맞고 나서 마법 주머니에 보관하고 있던 검을 한 자루 빼서 가지고 다녔는데 오늘 그 검의 성능을 실험하는 날이 되었다.

스르릉!

검의 날이 눈이 부시도록 빛이 나는 것이 누가 보아도 굉장한 보검이라는 것을 알 수 있을 정도였다.

브레인이 들고 있는 검만으로도 충분히 고가의 가격을 받을 수 있다는 것을 눈치챈 복면인의 눈빛에는 탐욕이 어렸다.

'흐흐흐, 보석만 가지고 있는지 알았는데 저렇게 좋은 보검도 가지고 있다니 이거 오늘 제대로 횡재를 하는구나.'

도둑 길드의 수장은 속으로 그렇게 생각하고 있었다.

"브레인 님. 조금만 버티시면 경비대의 기사들이 달려올 것입니다."

제이슨 기사는 브레인을 보며 말을 하였다.

아마도 제이슨은 브레인이 모르게 따로 준비를 해 둔 것이 있는 모양이었다.

"고맙소. 만약에 우리가 살아나게 되면 그대의 공은 잊지 않으리다."

기사는 브레인의 말에 입가에 미소를 지으며 고개를 돌렸다.

지금은 보상이 문제가 아니라 죽지 않고 살아 나가는 것이 문제였다.

도둑 길드의 수장은 더 이상 시간을 끌 수가 없다고 판단하였는지 바로 공격 명령을 내렸다.

"어쩔 수 없군, 쳐라!"

제이슨은 재빠르게 브레인의 앞을 선점하면서 고함을 쳤다.

"여기는 저에게 맡기시고 어서 다른 곳으로 피하십시오."

하지만 브레인이 피하기도 전에 제이슨을 상대하려는 두 명의 복면인이 앞을 막았고 나머지는 뒤를 막아 브레인이 도망을 가지 못하게 하였다.

제이슨은 자신의 앞을 막은 인물들의 기운을 느끼고는 자신과 비교를 해도 그리 떨어지지 않는 실력자라는 것을 알았다.

'오늘은 아무래도 사는 것보다 죽을 확률이 더 많을 것 같구나.'

제이슨은 죽음을 각오하고 검을 들어 적의 공격에 준비를 하였다.

두 명의 복면인은 이내 양쪽으로 갈라지면서 동시에 공격을 하였다.

제이슨은 적의 공격에 빠르게 우측의 적의 검부터 방어를 하고 돌아서면서 왼쪽의 검을 쳐냈다.

챙챙챙!

제이슨을 공격하는 자는 조금 놀란 얼굴을 하였지만 다시 침착하게 공격을 하였다.

제이슨은 두 명을 상대하는 것이 쉽지 않다는 것을 깨닫고는 자신이 피해를 입어도 일단 한 명을 먼저 사살하는 것으로 방향을 잡았다.

"하얏! 죽어라."

챙챙!

제이슨이 갑자기 우측은 포기를 하고 반대에 있는 적을 향해 공격을 하니 좌측의 적이 일순 당황하였다.

제이슨은 그 순간을 놓치지 않고 적의 가슴에 깊숙이 검을 꽂아 넣으려고 하였다.

우측의 적은 그런 제이슨의 행동에 빠르게 제이슨의 등에 일검을 날렸다.

서걱!

푹!

"크윽!"

"으윽!"

적의 공격에 제이슨은 등에 작지 않은 상처를 입었지만 자신이 공격이 성공하여 입가에 승리의 미소를 지었다.

자신의 검은 적의 심장에 깊이 박혀 있었기 때문이다.

"안젤로!"

제이슨은 비틀거리면서 검을 뽑아 빠르게 다음 공격에 대비하였다.

공격을 하던 적중에 한 명이 죽자 다른 한 놈이 죽은 자의 시신을 보더니 이를 갈고 있었다.

"으드득, 죽이지는 않으려고 하였는데 이제는 절대 용서치 않겠다. 죽어라 이놈!"

동료가 죽으니 이성을 잃었는지 무섭게 공격을 시작했다.

챙챙챙!

제이슨은 등에 상처를 입었지만 지금 상처가 문제가 아니었다.

최대한 적을 상대하지 않으면 자신의 목숨도 위험하기 때문이었다.

제이슨이 위험을 당하고 있을 때 브레인이 있는 곳에는 다른 일행들이 공격을 하고 있었다.

챙챙챙!

'오늘 내가 죽을 수도 있겠다. 죽을 때 죽더라도 최선을

다하는 모습이 가장 중요하다.'

브레인은 아버지가 항상 최선을 다하라는 말을 입에 달고 사시는 바람에 항상 그 말이 머릿속에 저장이 되어 있었다.

복면인의 수장은 그런 브레인을 보며 이죽거렸다.

"보물 때문에 목숨을 버리는 인간들이 있는데 그런 인간들은 죽어도 싸지. 흐흐흐."

브레인은 복면인의 말에 대답을 할 시간이 없었다.

당장 자신을 향해 공격하는 복면인들을 상대하기도 바빠서였다.

복면인들이 사용하는 것은 단검과 장검을 사용하고 있었는데, 브레인은 힘겹게 이들을 상대하고 있었다.

브레인은 여러 명과 대결을 해 본 적이 없어 아직 적응이 되지 않아 이들의 공격을 쉽게 막아 내지 못하고 작은 상처들을 입고 있었다.

스윽.

"으윽!"

한 복면인의 검에 브레인의 허리가 베어졌다.

그리 큰 상처는 아니지만 그렇다고 작은 상처도 아니었다.

'어떻게 해야 하나 이놈들을 상대하려면 지금 이 상태로는 절대 피할 수 없다. 결국 방법이 없는 것인가?'

브레인은 그렇게 생각하다가 순간적으로 자신의 품에 있는 마법 단검이 생각났다.

생각과 동시에 브레인의 손은 재빠르게 단검을 품에서 빼어 들고는 복면인들이 있는 곳을 향해 외쳤다.

"파이어 볼! 파이어 볼!"

단검에서는 순식간에 불덩어리가 만들어져 복면인들을 향해 공격하였다.

복면인들도 갑자기 브레인이 마법을 사용하니 놀라는 바람에 잠시의 틈이 생겼다.

꽝! 꽝!

"으악!"

"크으윽!"

세 명의 복면인은 파이어 볼에 당해 움직일 수 없을 정도의 부상을 입고 말았다.

이들은 설마 상대가 마법을 사용할 줄은 생각도 못하고 있었기 때문에 순간적으로 당한 것이다.

"이… 이놈이 마법도 사용하는구나. 모두 조심해라. 아니, 저놈을 죽여 버려라."

수장이라는 남자는 고함을 치면서도 공격은 하지 않고 기회만 노리고 있는 것 같았다.

브레인은 단검의 위력이 생각보다는 강하다는 것을 알고는 조금 마음의 여유가 생겼다.

"마음대로 안 되니 미칠 것 같지? 나도 너희들이 용서가 안 되니 그냥 보낼 수는 없지. 파이어 볼! 파이어 볼! 파이어 볼!"

연속적으로 파이어 볼을 외치는 브레인의 말대로 순식간에 불덩어리가 만들어져 복면인들을 공격하였다.

화르르륵!

파이어 볼은 열기는 주변을 데울 정도로 강렬하였다.

"마법이다. 피해라."

복면인들은 공격을 하여 상대를 몰아붙이다가 이제는 피하는 입장이 되어 버렸다.

"그냥 피하게 할 수는 없는 일이지."

브레인은 자신의 검을 이용하여 피하려고 하는 복면인을 공격하였다.

쉬이익!

서걱! 서걱!

"아악!"

"으악!"

복면인들이 마법을 피하는 것을 보고 브레인은 놈들의 숨통을 끊어 놓기 위해 과감하게 공격을 하였고 그 덕분에 두 놈에게 큰 상처를 입힐 수가 있었다.

한 복면인의 몸에서는 팔이 떨어지며 피 분수가 뿜어졌지만 바로 쓰러지지는 않고 다른 손을 이용하여 단검으로 공격을 하였다.

"이놈, 나와 같이 죽자."

복면인의 원망 어린 눈빛에 브레인은 기가 질렸다.

사람이 저렇게 악독하게 변할 수도 있다는 것을 처음으로 알았기 때문이다.

"죽으려면 혼자 죽어라. 나는 아직 할 일이 많아 죽기는 싫다."

브레인은 자신의 검술이 약하지 않다고 생각하고는 그대로 복면인의 목을 베기 위해 공격하였다.

브레인도 사람을 죽이고 싶지는 않았지만 지금은 자신이 살기 위해 어쩔 수 없는 살인을 할 수밖에 없는 상황이었다.

서걱!

"크악!"

브레인의 검에 서린 오러에 단검이 그대로 잘려 나가면서 검은 그대로 복면인의 목을 잘라 버렸다.

아버지의 말대로 상대를 죽이는 것에 겁을 먹으면 결국 자신과 일행들이 죽을 수도 있다는 말을 명심하여 평소에도 그러지 않아야 한다고 생각하였지만 막상 상대를 죽이고 나니 결코 좋은 기분은 아니었다.

복면인은 브레인의 마법에 대한 정보가 없었기에 그에 대한 대비를 하지 못해 수하들이 죽어 나가자 얼굴이 창백해지고 있었다.

제이슨 경을 공격하는 복면인도 브레인의 마법에 동료들이 죽어 가는 바람에 이성을 찾았지만 눈빛이 상당히 흔들리고 있었다.

'하기 싫은 것을 억지로 하니 이렇게 되는구나.'

복면인은 오늘 이 자리가 별로 내키지가 않았지만 친구의 부탁에 왔는데 결국 친구도 죽고 동료들도 죽는 것을 보니 자신들이 오히려 살아가기가 힘들 것 같아 보였다.

제이슨도 브레인이 마법을 사용하여 적을 죽이는 것을 보고는 기운이 났는지 복면인을 보며 크게 고함을 질렀다.

"나는 헤이론 왕국의 경비대 소속 기사인 제이슨이다. 나의 이름을 걸고 너희들을 살려 두지 않을 것이다."

제이슨은 어디서 힘이 나는지 갑자기 엄청난 마나의 기운을 검에 집중하고는 적을 몰아치기 시작했다.

챙챙챙!

제이슨의 엄청난 공격에 복면인은 뒤로 주춤주춤 밀리고 있었다.

파격적이고 힘이 있는 공격력이라 복면인도 쉽게 반격을 하지 못하고 있었다.

챙챙챙!

한참을 공격하던 제이슨도 마나가 서서히 떨어지기 시작했고, 공격력이 떨어지자 복면인도 기회라 생각하였는지 제이슨을 압박하기 시작했다.

오러가 약해지니 제이슨은 복면인에게 속절없이 밀리기 시작했다.

서걱!

"크윽!"

제이슨은 다시 검을 쥐지 않는 왼팔에 길게 자상을 입고 말았다.

브레인은 자신의 상황이 조금 한가해지자 제이슨을 보았고 눈으로 보기에도 제이슨의 상황이 안 좋아 보이니 바로 그쪽으로 마법을 사용하였다.

"제이슨 경 마법입니다. 조심하세요. 파이어 볼! 파이어 볼!"

두 개의 불덩이가 제이슨이 있는 곳으로 날아갔다.

제이슨은 브레인이 외침과 동시에 마법이 날아오자 복면인도 공격을 멈출 수밖에 없었다.

"감사합니다. 브레인 님."

"인사는 나중에 하고 우선 이들을 처리합시다."

브레인의 마법 공격 덕분에 제이슨은 브레인의 옆으로 올 수 있었고, 둘이 함께 복면인들을 상대할 수 있게 되었다.

브레인이 마법을 사용한다는 사실을 모르고 있었던 복면인들의 수장은 더 이상 시간을 끌 수가 없는지 이를 갈며

수하들을 보고 소리를 쳤다.

"오늘만 날은 아니니 기대해라. 모두 물러간다."

수장의 외침에 복면인들은 각자 따로 도망을 갔다.

올 때는 십여 명이었는데, 갈 때는 죽은 동료와 움직일 수 없는 부상자를 빼니 겨우 절반의 인원만 도망을 가게 된 것이다.

브레인과 제이슨도 몸에 입은 부상이 심해 놈들을 추적을 하는 것이 무리였다.

"제이슨 경! 저들을 체포하는데 자살을 하지 못하게 하시오."

"알겠습니다. 브레인 님."

브레인은 자신을 공격한 놈들이 도독 길드의 사람들이라는 것을 알고 있었지만 일부러 모르고 있는 것처럼 행동을 하였다.

하지만 제이슨의 입장은 브레인과는 조금 달랐다.

왕국에서 산적을 만나 기사들을 잃었다고 들었는데 오늘은 수도에서 암습을 당하였으니 이는 크게 문제가 되는 일이었기 때문이다.

제이슨은 이들을 체포하는 것은 문제가 아니지만 이들이 왕국에 속해 있는 도독 길드라는 것이 알려지면 정말 골치 아픈 일이 되기 때문에 이들의 정체에 대해서는 브레인에게는 말을 하지 않고 있었다.

'이거 정말 문제네. 어떻게 해야 하나?'

제이슨은 심각하게 고민이 되었다.

만약에 브레인이 이들의 정체를 알게 되어 제국에 가서 헤이론 왕국이 자신을 암습하였다고 하면 이는 왕국이 멸망으로 갈 수도 있는 문제였다.

제국과 전쟁을 하여 이길 수 있는 방법이 없어서였다.

카이라 제국은 아직도 정복을 하려는 야욕에 불타는 그런 나라였는데, 그 불씨를 자신들이 제공할 수는 없는 일이었다.

제이슨이 복면인에게 다가가고 있을 때 수도의 경비대가 달려오는 모습을 보게 되었다.

우르르.

"감히 수도에서 소란을 피우다니 모두 체포해라."

경비대의 병사들이 가장 먼저 도착을 하였고 그 뒤로 기사가 오고 있었다.

제이슨은 병사들이 도착을 하자 바로 병사들에게 자신의 신분을 밝혔다.

"나는 경비대 제2경비대 소속의 제이슨 기사이다. 너희는 어디 소속이냐?"

병사들은 제이슨의 얼굴과 신분을 보고는 바로 자신의 소속을 말하였다.

"예, 저희는 제3경비대 소속입니다."

"이자들은 왕국의 공적이니 절대 죽여서는 안 된다는 것을 명심하고 체포를 해라. 나는 상부에 보고를 해야겠다."

제이슨의 말에 병사들은 이번 일이 보통의 사건이 아니라는 것을 알았다.

"예, 알겠습니다. 제이슨 기사님."

병사들은 부상을 당해 신음을 흘리고 있는 놈들을 체포하고 있었다.

마법으로 인해 부상이 심한 자는 경비대에 가서 치료를 받아야 할 정도였다.

병사들이 복면인을 체포하고 있을 때 경비대를 지휘하는 조장이 나타났다.

"어, 제이슨 아냐? 여기는 어쩐 일이냐?"

"여기 이놈들이 브레인 님을 암습하였으니 조심히 다루게 왕국의 공적들이니 말이야."

제이슨의 말에 기사는 깜짝 놀라고 있었다.

브레인이라는 이름은 경비대에서도 유명한 이름이었다.

왕국에서 국왕의 명령으로 보호를 하라는 지시를 받았는데 오늘 다시 암습을 받았다면 일이 보통 심각한 것이 아니었기 때문이다.

"저… 정말인가?"

"내가 자네에게 거짓말을 하겠는가. 나도 상부에 보고를 해야 하니 이들은 자네가 처리를 해 주게. 그리고 여기 브레인 님의 안전에도 자네가 신경을 써 주게."

경비대의 동료인 기사는 대답을 잊고 멍하니 있었다.

제이슨은 부상을 당해 일단 치료를 먼저 받고 보고를 하려고 하였다.

보고도 좋지만 우선 몸에 가해지는 고통은 정말 참을 수가 없어서였다.

브레인은 제이슨이 동료 기사와 대화를 나누고 있는 사이에 단검에 치료 마법인 힐을 이용하여 자신의 부상을 치료하고 있었다.

"힐! 힐! 힐!"

단검으로 마법을 사용한다는 것은 아직 아무도 모르고 있었다.

브레인의 몸에 이은 상처는 치료 마법으로 인해 어느 정도 출혈은 멈추었다.

마법으로 하는 치료는 외상에 한해서는 대단히 뛰어났다.

브레인의 상처는 금방 낫은 것처럼 피가 멈추고 상처도 사라지고 있었다.

브레인은 제이슨도 다친 것을 알기에 제이슨을 치료해 주기 위해 다가갔다.

"제이슨 경. 상처를 치료하고 움직입시다."

"예? 상처를 치료한다고요?"

"일단 치료부터 합시다. 힐! 힐! 힐!"

브레인의 마법에 제이슨의 상처도 금방 아물어 버렸다.

비록 힐이지만 팔다리가 잘린 부상이 아니기에 외상을 치료하는 것에는 문제가 없었다.

제이슨도 자신의 상처가 금방 치료되자 고마운 눈빛으로 다시 감사의 인사를 하였다.

"감사합니다. 브레인 님. 아, 그리고 여기는 저와 같은 경비대 소속의 기사 피렌이라고 합니다."

"피렌입니다, 브레인 님."

"만나서 반갑습니다. 피렌 경."

브레인은 경비대의 기사와 간단하게 인사를 하고 제이슨을 보며 입을 열었다.

"제이슨 경. 내가 마법 지부에 볼일이 있는데 같이 가겠소?"

"그렇게 하겠습니다. 브레인 님."

제이슨은 브레인이 마법을 사용하는 것을 보았기 때문에 마법사라고 생각하고 있는 모양이었다.

하기는 평상시에 단검으로 마법을 사용하였으면 금방 알았겠지만 전투를 하고 있는 중이었고, 상처를 치료하는 마법은 마나의 소비가 얼마 되지 않아 금방 눈치를 챌 수 있는 마법이 아니었다.

제이슨은 피렌을 보며 무언가 이야기를 하였다.

"여기 있는 놈들은 왕국의 도둑 길드에 속해 있는 놈들

이네, 브레인 님에게는 비밀로 하고 있는 이유는 아마도 상
부에 보고를 하면 알게 될 것이네. 우선 중요한 것은 상부
에 브레인 님이 마법사라는 것을 보고하는 것이네. 아마도
상부에서는 난리가 나겠지. 이 일에 대한 보고는 자네가 대
신 해 주게."

"알겠네. 그런데 다른 기사들이 있어야 하지 않겠나?"

"그 문제도 자네가 이야기를 해 주게. 다시 공격을 당하
게 되면 나 혼자로는 감당이 되지 않으니 말이야."

제이슨은 이야기를 마치고 브레인에게 왔다.

이제 보고를 받은 상부에서는 난리가 날 것을 생각하니
속으로 고소하다는 생각이 들었다.

자신에게 이렇게 힘든 임무를 주었으니 당해도 싸다는
생각이 들어서였다.

그렇게 생각하니 제이슨은 마음도 한결 가벼운 기분이었
다.

"브레인 님, 이제 가시지요. 마법 지부는 제가 알고 있
으니 앞장을 서겠습니다."

"고맙소. 제이슨 경."

마차가 마법 공격으로 인해 파손이 되어 걸어서 갈 수밖
에 없었다.

브레인과 제이슨은 헤이론 왕국의 수도에 있는 마법 지
부를 향해 갔다.

국왕에게는 이미 보고를 하였기에 문제가 없었는데 귀족들은 결사적으로 반대를 하고 있어 힘이 들었다.

"제국의 귀족이 우리 왕국에 와서 공격을 받은 것은 분명히 사실입니다. 그러니 그에 따른 보상을 해 주어야 하는데 그가 원하는 것은 일단 수도에 저택과 약간의 병사들이었습니다. 금전적인 보상도 필요하지만 그리 많은 것을 원하지는 않았습니다. 제가 보기에는 우리 왕국에 정착을 하려고 하는 것은 아니었습니다. 다만 왕국에 자신의 별장과 같은 집을 원하고 있는 것 같았습니다."

"보상을 해 주는 것에는 나도 이견이 없지만, 수도에 저택을 마련해 주는 것은 곤란하지 않을까요?"

"그렇습니다, 타국의 귀족이 우리 왕국의 수도에 저택을 가지고 있을 이유가 없습니다. 그리고 실지로 그런 경우는 없고 말입니다."

귀족들은 브레인이 저택을 가지는 것에는 강력하게 반대를 하고 있었다.

이들은 타국의 귀족이 자신들과 함께 산다는 것에 그리 좋은 기분이 아니었기 때문이다.

국왕은 바이라크 백작의 말과 귀족들의 말을 듣고는 한참 생각이 잠겼다.

자신이 이미 지시를 내려 마무리를 한 상황이었는데 귀족들이 반대를 하니 국왕도 골치가 아팠다.

"백작, 저택 말고 다른 것으로 주면 안 되겠소? 아무리 생각해도 수도에 타국의 귀족이 산다는 것은 마음에 걸려서 말이오."

국왕이 그렇게 말을 하고 있을 때 밖에서 소란스러운 소리가 들리다가 시종장의 말이 크게 들렸다.

"폐하, 지금 수도 경비 사령관인 자이녠 자작이 들었습니다. 급한 용무라고 하옵니다."

시종장의 다급한 목소리에 국왕은 의문스러운 얼굴을 하며 대답을 하였다.

"잠시 회의를 보류합시다. 급한 일이 있다고 하니 말이오. 들라 하라."

국왕의 허락에 자이녠 자작은 급히 안으로 들어왔다.

"국왕 폐하를 뵈옵니다. 지금 수도에서 브레인 경의 암습이 있었다고 합니다."

"무엇이라고? 암습이라고?"

국왕과 귀족들은 깜짝 놀라는 얼굴들이었다.

안 그래도 산적들에게 입은 피해를 보상해 주기 위해 이렇게 모여 있는데 갑자기 또 다른 암습이라는 소리를 들으니 이들이 놀라지 않을 수가 없는 일이었다.

"아니, 누가 감히 수도에서 암습을 하였다는 말인가?"

바이라크 백작은 브레인과 잘 마무리를 하였다고 생각하였는데 갑작스런 사건에 화가 난 얼굴이었다.

"우리 경비대의 기사와 함께 경매장을 갔다 오는 길에 암습을 받았다고 합니다. 그런데 암습을 하는 무리가 우리 왕국 사람이라고 합니다."

제이슨이 동료에게 알려 준 것은 왕국 사람이지만 도둑 길드원이라고 말해 주었는데 동료 기사는 왕국인이 암습을 하였다고 보고를 하였기 때문에 자이넨 자작도 놀라 이렇게 달려온 것이었다.

"허어, 이런 일이……."

"정말 큰일이군, 큰일이야."

귀족들은 브레인이 오고 계속해서 사건이 생기는 바람에 골치가 아픈 얼굴이었다.

국왕은 자이넨 자작을 보며 입을 열었다.

"이번 일에 대한 조사는 자이넨 자작에게 일임을 할 것이니 반드시 누구인지를 밝혀내시오. 감히 왕국을 구렁텅이로 밀어 넣은 놈들이 누구인지 알아야겠소."

국왕은 화가 나서 자이넨 자작에게 지시를 내렸다.

"폐하, 암습을 하던 일부 무리는 부상을 입고 잡혀 있다고 하니 조만간에 그들이 누구인지를 밝혀낼 것입니다."

"포로가 있다는 말이오?"

"예, 브레인 경이 마법을 사용하여 그들을 잡았다고 합니다."

"허, 그자가 마법사라는 말이오?"

"저도 아직 자세히는 알고 있는 것이 없습니다. 하지만 마법을 사용하였다는 보고를 받았습니다."

국왕과 귀족들은 정말 골치 아프게 일이 되었다고 생각하였다.

마법사들은 보통 꼬장꼬장한 성격들이라 타협을 보는 것도 쉬운 일이 아니었기 때문이다.

마법사 그것도 제국의 마법사고 거기다가 고위 귀족의 직계라니 국왕은 머리가 아픈지 고개를 절레절레 흔들었다.

"그래, 그자는 지금 어디에 있소?"

"제이슨 기사와 함께 마법 지부로 갔다고 합니다."

"아니, 암습을 받고 마법 지부로 갔다면 통신을 하려는 것이 아니요?"

국왕의 얼굴은 대번에 변해 버렸다.

"그… 그것은 아직……."

자이넨 자작도 아직 그런 문제까지는 생각지 못했기에 말을 끝내지 못하고 말았다.

"도대체 사령관은 정신이 있는 거요? 없는 거요? 암습을 받은 마법사가 마법 지부로 간다는 것은 누가 보아도 통신을 하려고 한다는 생각을 하지 못하는 것이오? 당장 마법 지부에 기사를 보내 그자를 이리로 데리고 오시오. 만약에 그자가 제국에 보고를 하는 날에는 우리 왕국은 끝장이라는 말이오."

국왕의 말에 자이넨 자작은 식은땀이 흘렀다.

이미 마법 지부로 간 사람에게 새로 사람을 보낸다고 해도 늦었음을 알고 있기 때문이었다.

하지만 국왕의 명령을 따르지 않을 수도 없는 일이니 어쩔 수 없이 대답을 하고 있었다.

"알겠습니다. 폐하."

"폐하, 브레인 경이 마법 지부로 갔다면 지금 기사를 보내도 늦었을 것입니다. 그러니 마법 지부에 통신을 하여 왕명으로 그자를 이리로 데리고 와야 한다고 하면서 통신을 하지 못하게 하는 것이 좋을 것 같습니다."

왕실의 마법사인 아리아 백작의 말이었다.

아리아 백작도 마법사이기는 하지만 마법 지부에 속해 있는 마법사가 아닌 왕실에 속해 있는 마법사였기에 마법 지부보다는 왕실에 충성을 하고 있는 귀족이었다.

"오, 역시 아리아 백작은 마법사라 생각하는 것이 다르오. 어서 가서 통신을 하도록 하라."

"예, 폐하."

"자이넨 자작은 마법 지부로 기사를 보내 그 브레인이라는 자를 왕궁으로 정중하게 모시고 오시오. 아니, 그대가 직접 가서 모시고 오시오."

국왕의 명령에 자이넨 자작은 바로 대답을 하였다.

아까와는 다르게 충분히 가능한 일이었기 때문이다.

"그렇게 하겠습니다. 폐하."

자이넨 자작은 바로 명령을 이행하기 위해 나갔다.

바이라크 백작은 자신에게 이득을 줄 브레인이 암습을 그것도 수도에서 당했다는 말에 이성을 잃을 뻔하였다.

저택을 주는 대가로 자신의 정적들을 제거하려고 하였는데, 갑자기 이상한 상황이 되어 버리는 바람에 자신의 계획이 어긋났다고 생각하니 속에서 열불이 나 미칠 지경이었다.

바이라크 백작은 그냥 이대로 있을 수는 없는 일이라고 생각하고는 바로 국왕을 보며 입을 열었다.

"폐하, 제국의 귀족을 암습하는 무리들은 분명히 우리 왕국에 불만이 있는 자들일 것입니다. 그러니 철저히 조사를 하여 그 뿌리를 일망타진해야 하옵니다."

"나도 그렇게 생각하오. 이번에 확실히 놈들을 잡아야 하니 바이라크 백작이 직접 이번 일을 지휘하여 놈들을 잡도록 하시오. 단 한 놈도 놓치지 말고 모조리 잡아들이도록 하시오."

국왕도 바이라크 백작과 같은 생각을 가지고 있었기에 바로 지시를 내렸다.

"알겠습니다. 감히 왕국에 불경한 마음을 먹고 있는 무리들을 모두 잡아들이도록 하겠습니다."

바이라크 백작은 절대 용서하지 않겠다고 마음속으로 다짐을 하고 있었다.
　브레인의 일은 오해의 오해를 더해 심각한 상황으로 일이 번지고 있었다.

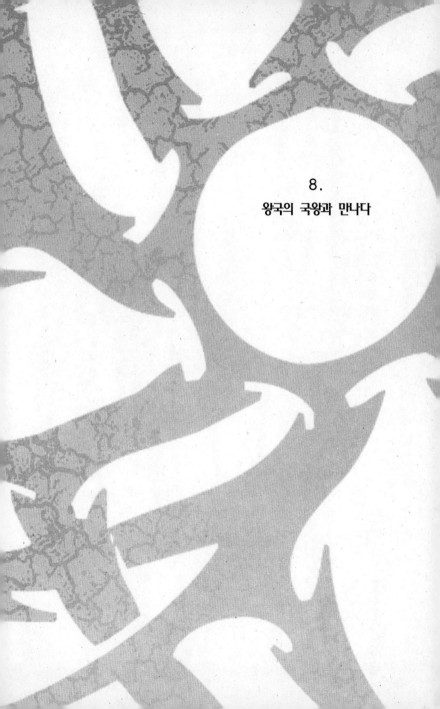

8.
왕국의 국왕과 만나다

헤이론 왕국의 사정을 모르고 있는 브레인은 마법 지부에 도착을 하여 자신이 가지고 있는 마법 주머니를 조금 더 효율적으로 관리하기 위해 공간 확장 주머니를 사려고 하였다.

'마법 지부에 있는 공간 확장 주머니는 누가 훔쳐 가지 못하게 마법을 걸어 두었다고 들었으니 이번에 그 주머니를 사서 나의 마법 주머니를 그 안에 넣고 다니면 조금은 방어가 되겠지.'

브레인의 생각은 마법 지부에서 파는 마법 주머니에 각종 마법을 걸어 그 안에 자신의 마법 주머니를 넣으려고 하였다.

마법 지부에서 파는 공간 확장 주머니는 주인 이외의 인물이 만지게 되면 전기가 오게 하는 것과 알람 마법, 그리고 탐지 마법이 걸려 있다고 들어서였다.

브레인의 잔머리는 위험을 경험하면서 더욱 발달이 되고 있었다.

브레인이 마법 지부에서 주머니를 사기 위해 방문하고 있을 때 왕실에서 통신이 마법 지부에 연결이 되었다.

[여기는 왕실의 통신실입니다. 마법 지부 나오세요.]

치익!

"여기는 마법 지부입니다. 말씀하십시오."

[지금 마법 지부에 브레인이라는 분과 제이슨 기사가 있을 것입니다. 그 사람들이 통신을 하는 것을 막아 주시고 왕실의 사람들이 갈 때까지 어디 가지 못하게 해 주시기 바랍니다. 이는 국왕 폐하의 요청입니다.]

"잠시만 기다려 주십시오."

마법 지부에서는 갑자기 왕실의 요청에 황당한 얼굴이 되었다.

국왕이 직접 요청을 한 것이라면 들어주지 않을 수가 없는 일이었지만, 마법 지부는 왕국과는 다른 별개의 단체라 왕국의 지시를 듣지 않아도 국왕이 해를 입히지는 못하는 곳이었다.

다만 왕국에 지부는 사라지겠지만 말이다.

하지만 왕국에 지부가 없어지면 곤란한 것은 왕국이지 마법 지부가 아니었다. .

"지부장님, 지금 왕실에서 요청이 들어 왔습니다."

"무슨 일인데 그러나?"

지부의 마법사는 왕실에서 원하는 것에 대해 자세히 설명을 해 주었다.

헤이론 왕국의 마법 지부장은 왕국에 속해 있는 사람이 아니었지만 왕국과 사이가 벌어져서 서로 좋을 것이 없다는 것을 알고는 국왕의 요청을 받아 주기로 했다.

"일단 요청은 받아들이게. 왕국과 사이가 벌어져서 좋을 것이 없으니 말이야."

"알겠습니다. 그렇게 하겠습니다."

마법 지부는 국왕의 요청을 받아들이고 브레인을 찾았다.

오늘 마법 지부를 방문한 사람은 브레인이 유일하였기에 마법사들이 브레인을 찾는 것은 일도 아니었다.

"혹시, 브레인 님이 되십니까?"

브레인은 마법사가 와서 자신의 이름을 부르며 확인을 하자 바로 대답을 해 주었다.

"그렇소. 내가 브레인이오."

"그러면 옆에 계시는 분은 제이슨 경이겠군요."

"예, 기사 제이슨입니다. 무슨 일로 그러십니까?"

제이슨은 마법사의 말에 수상함을 느끼고 조금은 경계를

하고 있었다.

"다름이 아니라 그대들을 왕궁에 초대한다는 통신이 왔습니다. 그래서 지금 근위 기사가 오고 있으니 어디 가시지 말고 기다려 달라는 부탁을 하려고 왔습니다."

마법사는 부드러운 목소리로 브레인을 보며 편안하게 말을 하였다.

브레인은 갑자기 왕궁에서 초청을 한다고 하니 어리둥절한 얼굴로 제이슨을 보았다.

너는 무슨 일인지 아느냐라는 얼굴이었다.

제이슨도 브레인과 마찬가지로 멍한 표정을 짓고 있어 브레인은 제이슨도 모르는 일이라는 것을 알았다.

"왕궁에서 초대를 한다고 하니 기다리기로 하지요. 그냥 기다리는 것은 지루하니 저는 마법 지부에서 파는 물건을 구경하고 있겠습니다."

브레인은 마법 물품을 구경할 기회라고 생각하고 말을 하였다.

마법사는 그런 브레인을 보며 알았다고 해 주었다.

"그렇게 하십시오. 브레인 경."

마법사는 마법 지부를 벗어나지만 않으면 되니 바로 수락을 해 주었다.

브레인은 마법사의 허락을 받자 싱글벙글 웃었다.

자신에게 지금 가장 필요한 물건이 바로 마법 물품이었

기 때문이다.

브레인과 제이슨은 부지런히 마법 물품을 구경하고 다녔다.

브레인은 마법사에게 마법 물품에 대해 여러 가지 질문을 하여 구경을 하다가 이상하게 신경이 쓰이는 물건을 발견하였다.

'저거는 어디에 쓰는 물건인데 이렇게 신경이 쓰이지?'

브레인은 이상하게 생각하다가 일단 확인을 해야겠다고 생각하고는 바로 물건이 있는 곳으로 갔다.

"여기 있는 물건은 어디에 사용하는 것입니까?"

마법 물품은 모두 마법사가 지키고 있어 브레인의 질문에 바로 답변을 해 주었다.

"예, 이거는 아공간을 열 수 있는 팔찌입니다. 하지만 아공간이 너무 좁아서 아직 팔리지 않은 물건입니다."

브레인은 아공간이라는 말을 듣자 눈빛을 빛냈다.

자신에게 가장 필요한 물건이 바로 이런 아공간이 있는 마법 물품이었기 때문이다.

"이 물건이 정말 아공간이 있는 것이오?"

"예, 대륙에서 가장 작은 공간을 가지고 있는 팔찌입니다."

자신이 가지고 있는 마법 주머니가 많은 물건을 담아 둘 수는 있지만 문제는 보관이 불편하여 분실의 위험이 있었다.

그래서 마법 주머니에 마법을 걸어 누군가가 훔쳐 가지 못하게 하려고 여기에 온 것인데 이런 귀한 물건이 눈에 보였으니 자신과는 인연이라는 생각이 들었다.

"여기 이 팔찌는 파는 물건입니까?"

"팔기는 하는데 공간이 크지가 않습니다. 아공간의 크기가 고작 마차 십분의 일 정도의 양이니 말입니다."

마법사는 그러면서 아공간이 있는 팔찌에 대해 아주 자세히 설명을 해 주었다.

아공간이 있는 마법 물품은 십 년 전에 한 고위 마법사가 고대 시대의 유물을 발견하게 되면서 알려졌는데, 신기하게도 다른 물품은 없고 오로지 아공간이 있는 물품만 있어서 조사를 하게 된 마법사들은 아공간 마법 물품을 만드는 공장이라는 말을 하였을 정도로 물량이 엄청나게 많았다.

아공간이 있는 마법 물품들은 대량의 양이라 마법사들은 연구할 분량을 빼고도 양이 남아 각 나라로 팔았고, 지금은 고위 귀족이라면 한 개 정도는 가지고 있는 마법 물품이었다.

대부분의 아공간이 있는 물건은 반지나 팔찌였는데, 브레인이 보고 있는 팔찌는 다른 것과는 다르게 보관하는 양이 마차의 십분의 일 정도밖에 되지 않아 마법사들과 귀족들도 사려고 하지 않아 아직까지 남아 있었던 것이다.

"그러면 그 물건을 나에게 파시오."

"이거는 정말 양이 적어서 사용하시기에 불편하실 텐데요."

"상관없소. 작은 것들만 보관하면 되니 말이오."

브레인의 말에 마법사는 금방 이해를 했다.

작은 물건이라는 것은 보석을 말하는 것이라고 생각하고 있었다.

보석 정도를 보관하는 것이라면 이 팔찌로도 충분하다는 생각을 하였다.

"이 팔찌는 작은 아공간이 있는 물품이라 오백 골드만 받겠습니다."

마법사의 말에 브레인은 속으로 어이가 없다고 생각하고 있었다.

'이것들이 필요 없는 물건을 팔아 주겠다고 하는데 오히려 바가지를 씌워?'

브레인은 자신이 필요하기는 하지만 그렇다고 바가지를 쓰면서 사고 싶은 마음은 없었다.

"허어, 그렇게 비싼 물건인지를 몰랐습니다. 다음에 필요하면 사지요."

브레인은 그렇게 말을 하고는 바로 발걸음을 돌렸다.

브레인의 반응에 마법사는 약간 당혹스러웠는지 이내 브레인을 다시 불렀다.

"잠시만요."

"왜 그러시오?"

"아니, 흥정을 하시다가 그냥 가시는 분이 어디에 있습니까. 오백 골드가 힘드시면 사백 골드는 어떠십니까?"

마법사는 무슨 일인지는 모르지만 팔찌를 팔려고 하고 있었다.

하지만 브레인은 그런 마법사의 눈빛을 보고 아직도 가격이 적당하지 않다는 것을 느끼고 있었다.

"사백 골드도 나에게는 많습니다. 한 이백 골드 정도라면 모를까."

브레인은 마치 지나가는 소리처럼 자신이 원하는 가격을 말하면서 돌아섰다.

마법사는 브레인의 행동에 갈등을 하고 있는지 고민을 하는 모습이었다.

브레인이 다른 곳으로 가려고 하자 마법사는 마침내 결정을 하였는지 브레인을 불렀다.

"그 가격에 팔겠습니다."

마법사의 말에 브레인은 빙그레 미소를 지으며 돌아섰다.

"정말 잘하신 결정이십니다. 마법사님."

브레인은 마법사를 칭찬하였지만 사실 아공간이 있는 반지나 팔찌는 엄청난 금액에 거래가 되고 있었다.

물론 양의 차이가 있겠지만 보통은 만 골드 정도의 금액에 거래가 되었다.

그런 아공간의 팔찌를 비록 양이 작다고는 하지만 이백 골드라면 이는 거의 공짜라고 해도 무방한 금액이었다.

"여기 이백 골드입니다. 마법사님."

브레인은 마법사에게 금액을 지불하고는 팔찌를 받았다.

마법사는 팔찌를 주며 애증이 어린 시선을 뗄 줄 몰랐다.

브레인은 마법사의 눈빛에 재빠르게 뒤로 돌아 다른 곳으로 갔다.

시간을 지나면 마음에 변할 수도 있기 때문이었다.

사실 팔찌를 판 마법사는 지금 중대한 실험을 앞두고 급하게 돈이 필요한 사람이었다.

그래서 자신이 연구하기 위해 배정 받은 아공간의 팔찌를 팔려고 나온 것이었다.

마법사는 아공간도 작고 자신의 실력으로는 연구를 해도 최소한 이십 년은 걸려야 하는 것이라 포기를 하고 있다가 이번에 연구를 하기 위해 급하게 돈이 필요하게 되어 이렇게 팔찌를 팔려고 나왔다가 브레인을 만나 팔게 된 것이다.

'흐흐흐, 나에게는 꼭 필요한 물건이었는데 이렇게 만나게 되는구나. 고맙소. 마법사 양반.'

브레인은 아공간의 팔찌를 빠르게 착용을 하였다.

마법 주머니에서 보석 말고도 따로 주머니를 마련하여 금화도 보관하고 있었는데 아공간 팔찌를 사는 바람에 모두

지불을 하고 말았다.

그래도 브레인은 기분이 좋았다.

"아공간 오픈!"

브레인의 소리에 팔찌의 일부분이 일그러지며 공간의 구멍이 나타났다.

브레인은 아공간의 구멍을 보고는 아주 흐뭇함을 만끽하였다.

"캔슬!"

브레인의 외침에 아공간은 순식간에 사라져 버렸다.

"하하하, 가장 마음에 드는구나."

브레인이 그렇게 웃는 모습에 제이슨은 그런 브레인이 이상해 보였는지 바로 물었다.

"무슨 좋은 일이 있습니까?"

제이슨은 갑자기 저렇게 기분 좋게 웃으니 좋은 일이 있는지를 물었다.

"하하하, 아닙니다. 그냥 즐거운 생각이 들어서 그렇습니다."

"네에, 그러시군요."

제이슨은 브레인이 좀 이상하다고만 생각했다.

브레인과 제이슨은 다른 물건을 구경하기 위해 움직이고 있을 때 한 마법사가 급하게 다가왔다.

"브레인 님 되십니까?"

"그렇소. 내가 브레인이오."

"지금 입구에서 근위 기사들이 기다리고 있습니다."

브레인은 이미 들은 이야기라 바로 대답을 해 주었다.

"알겠소. 지금 나가겠소. 제이슨 경 갑시다."

"예, 그러지요."

브레인과 제이슨은 다정하게 입구를 향해 갔다.

마법 지부의 입구에는 경비대 사령관인 자이넨 자작과 근위 기사들이 기다리고 있었다.

제이슨은 자신의 상관을 보고는 바로 정중하게 인사를 하였다.

"충! 경비대 소속인 기사 제임스입니다."

"수고하였네. 자네는 지금 바로 소속된 곳으로 돌아가서 대기하게."

"알겠습니다. 사령관님. 그럼, 브레인 님, 다음에 다시 뵙겠습니다."

"나중에 봅시다. 제이슨 경."

제이슨은 브레인에게 정중하게 인사를 하고는 발길을 돌렸고 브레인은 아쉬운 작별을 하였다.

"카이라 제국의 귀족이신 브레인 경 되십니까?"

"그렇습니다. 내가 제국의 귀족인 브레인입니다."

"저는 경비대 사령관인 자이넨 자작입니다. 저희 왕국의 국왕 폐하께서 정중히 초대를 하셨습니다. 가시지요."

"그렇게 하지요."

브레인은 마차를 타고 가면서 왕국의 국왕이 초대를 하였다고 하니 조금 긴장이 되기는 했지만 이제 자신도 귀족이라는 생각을 하며 마음을 진정시켰다.

브레인은 모르고 있지만 지금 헤이론 왕국에서는 브레인 때문에 정말 골치 아픈 일이 발생하여 대책을 세우고 있는 중이었다.

제국의 귀족이 왕국에서 한 번도 아니고 두 번이나 암습을 받았다는 것은 보통의 사건이 아니었기 때문이다.

이는 왕국의 명예와도 관련이 있는 일이 되어 버렸기 때문이었다.

왕궁의 정문을 통과한 마차는 국왕과 귀족들이 있는 곳으로 달려갔다.

"여기서 내리시면 됩니다. 브레인 경."

"감사합니다. 자이넨 자작님."

브레인은 자신을 모시고 온 자작과 잠시 인사를 했기에 이름을 기억하고 있었다.

이는 인사를 위해 반드시 해야 하는 일이었다.

마차의 문을 열고 내린 브레인은 전방에 보이는 궁을 보았다.

화려하지는 않지만 은은한 기품이 어려 있는 그런 궁이었다.

"헤이론 왕궁은 아름답군요."

"아무래도 역사가 깊으니 그럴 것입니다. 우리 왕국의 역사가 무려 천 년이나 되니 말입니다."

자이넨 자작도 왕궁이 아름답다는 칭찬에 자신이 알고 있는 바를 이야기해 주었다.

"오래되었군요. 왕국의 역사가 말입니다."

자이넨 자작은 잠시 흠칫하는 얼굴이 되었다.

어찌 들으면 칭찬 같지만 잘못 들으면 그렇지가 않고 상당히 의미심장한 말이 되어서였다.

자이넨 자작은 브레인을 보며 역시 제국의 귀족이라 무언가 다르다고 생각하게 되었다.

"자, 이리로 가시지요."

"고맙습니다. 자작님."

브레인은 자이넨 자작의 안내로 국왕이 있는 곳으로 가게 되었다.

헤이론 왕국의 국왕은 브레인이 오기를 학수고대하고 있는 중이었다.

무슨 문제라도 결국 본인이 직접 해결을 해야 한다는 생각에서였다.

아무리 제국의 귀족이라고 해도 자신은 왕국의 국왕이라는 자부심을 가지고 있는 국왕이었다.

"폐하, 카이라 제국의 귀족 브레인 경이옵니다."

"안으로 모시거라."

국왕의 말에 시종장은 바로 문을 열라는 눈치를 주었다.

문이 열리며 브레인의 안의 상황이 한눈에 보였다.

안에는 국왕만 있는 것이 아니라 많은 귀족들도 모여 있었다.

'흠, 이거야 원 겁을 주려고 이렇게 모여 있는 건가? 그런다고 내가 겁먹을 줄 아냐. 절대 나는 겁먹지 않을 것이다.'

브레인은 자신에게 겁을 주기 위해 이렇게 많은 귀족들이 모여 있다고 생각하고는 조금은 거만하면서도 당당하게 국왕에게 걸어갔다.

뚜벅 뚜벅.

브레인의 행동에 왕국 귀족들과 국왕은 조금 긴장이 되고 있었다.

제국의 귀족이 문제가 아니라 지금 자신들의 입장이 곤란해서였다.

그런 자신들의 입장을 알고 있기에 저렇게 당당하게 행동한다고 생각하니 협상을 하기가 쉽지 않을 것 같아서였다.

"헤이론 왕국의 국왕 폐하를 뵈옵니다. 저는 카이라 제국의 파올로 백작가의 차기 주인인 브레인 폰 파올로라고 합니다."

우르르 쿵!

이거는 날벼락도 그냥 날벼락이 아니었다.

차기 백작 위를 이어 받을 소영주의 위치에 있는 귀족이라는 것은 상당한 위력을 발휘하고 있었다.

국왕의 얼굴도 그렇고 귀족들의 얼굴도 순식간에 창백해지고 말았다.

'허걱! 백작가의 소영주라 그렇게 당당했구나. 이거 상당히 골치 아프게 되었네.'

바이라크 백작은 처음 브레인을 만났을 때는 백작가의 차남 정도로 생각하였는데, 이제는 점점 자신이 브레인과 상대하기가 어렵게 변하고 있었다.

제국의 백작과 왕국의 백작은 그만큼 차이가 나는 위치였고 왕국의 백작이 감히 쳐다보지도 못하는 그런 위치였다.

보통은 제국의 백작이 왕국의 후작 정도의 대접을 받는다고 알려졌지만 실지로는 왕국의 공작과도 맘먹을 수 있는 위치였기 때문이다.

"어서 오시오. 우리 왕국에 오신 것을 환영하오. 브레인 경."

국왕은 브레인이 백작가의 장자라는 말에 바로 꼬리를 내렸는지 말투부터 변해 버렸다.

"이렇게 환영을 해 주셔서 감사합니다. 국왕 폐하."

브레인은 국왕이 자신을 초대한 이유를 대강을 알고 있었다.

타국의 귀족이 자국에서 암습을 당했으니 이는 왕국의 명예와 관련이 되는 문제였다.

당연히 당사자를 만나 원만하게 해결을 보려고 할 것이기 때문이다.

"브레인 경. 이렇게 다시 보는군요."

"예, 바이라크 백작님 반갑습니다."

브레인은 정중하면서도 반갑게 인사를 하였다.

왕국의 귀족들이 서로 인사를 하려고 하는 바람에 약간 시간이 걸렸지만 그래도 마지막까지 인사를 모두 마칠 수가 있었다.

브레인이 인사를 하는 것을 끝까지 보고 있는 국왕이 먼저 입을 열었다.

"그래, 브레인 경은 왕국에 오셔서 산적을 만나셨다고요?"

국왕은 브레인에게 직접 사정을 듣기 위해 말을 걸었다.

하지만 브레인은 이미 자신의 사정을 대강 알고 있었기에 그런 국왕의 반응에 제대로 반격을 할 수 있었다.

"예, 헤이론의 왕국의 대접이 참으로 독특하더군요. 정말 대접 잘 받았습니다. 제가 받은 대접을 그대로 제국에 보고를 해 드리겠습니다. 아마 기대를 하셔도 좋을 것입니다."

브레인의 말에 국왕과 귀족들의 안색은 더욱 창백해졌다.

"허허허, 우리 왕국에 그런 놈들이 있을 줄은 몰랐소. 감히 제국의 귀족을 상대로 그런 짓을 할 줄은 우리도 몰랐다오. 그 일에 대해서는 바이라크 백작에게 이야기를 들었을 것이니 브레인 경의 넓은 아량으로 이해를 해 주었으면 하오."

"이해야 하지만 그래도 당한 것은 돌려주어야야겠지요. 안 그렇습니까. 국왕 폐하."

브레인의 말에는 날카로운 뼈가 있었다.

국왕도 오늘의 일이 쉽게 끝나지 않을 것 같았다.

마법사는 다루기 힘들다고 하였는데 자신이 당해 보니 정말로 머리가 아프게 하는 존재였다.

"브레인 경. 우리 왕국에 원하는 것이 있다고 들었는데 말이오."

"제가 왕국에 원하는 것은 이미 이야기를 하였습니다. 그런데 오늘은 또 다른 경험을 하게 되었습니다. 이거 고의로 그러는 것이 아닌지 의심이 가는 행동이었습니다."

브레인의 말에 국왕은 등에 식은땀이 흘렀다.

오늘의 일은 자신도 방금 보고를 받았기 때문에 자세한 사정은 모르지만 왕국인이 암습을 했다는 것은 사실인 모양이었다.

국왕은 바이라크 백작에게 눈치를 주었다.

지원을 하라는 지시였다.

"브레인 경. 전에 제가 이야기한 대로 우리 왕국에는 지금 반란을 꾀려고 하는 무리들이 있습니다. 왕국에서도 총력을 기울여 잡아들이려고 하지만 아직도 놈들의 본거지를 찾지 못하고 있는 중입니다. 아마도 그들이 브레인 경을 암습하였던 것 같습니다. 제국과 왕국의 사이를 벌어지게 하려는 의도 같으니 우리 왕국의 입장을 이해해 주시기를 이렇게 간절히 바랍니다."

바이라크 백작은 브레인이 백작가의 장자라는 말에 최대한 자신을 숙이고 말을 하였다.

그런데 바이라크 백작의 말을 듣고 있는 귀족들은 황당한 얼굴이 되고 말았다.

언제 왕국에 반란군이 생겼으며 그들을 소탕하려고 하였다는 말인가.

전혀 없는 이야기를 하고 있는 바이라크 백작의 말에 이들은 황당하기만 했다.

국왕은 바이라크 백작의 말을 듣고는 브레인을 설득할 명분이 있기는 하지만 그래도 기분은 그리 좋지 않아 보였다.

"아, 아직도 그놈들을 잡지 못한 것인가요?"

"그렇습니다. 아직도 잡지 못해 오늘 같은 일이 생겼으니 브레인 경이 이해를 해 주었으면 합니다. 그렇게만 해 주시다면 왕국에서 충분한 보상을 해 드릴 것입니다. 안 그렇습니까? 국왕 폐하."

바이라크 백작은 국왕을 걸고 넘어 가려는 수작이었다.

국왕은 자신도 알고 있는 내용이었지만 막상 자신을 걸고 넘어 가는 바이라크의 행동에 속으로 괘씸한 생각이 들었다. 하지만 겉으로는 온화한 표정을 지으며 대답해 주었다.

"그렇소. 브레인 경이 원하는 보상을 말해 보시오. 최대한 그대가 원하는 방향으로 들어주겠소."

국왕이 약속을 하자 브레인은 잠시 생각하는 것처럼 눈을 감고 있었다.

속으로는 다른 생각을 하고 있었지만 말이다.

'헹, 내가 너희들의 속을 모를 줄 알았냐. 이미 너희들이 하는 짓을 보고 짐작을 하고 있었다. 어디 당해 봐라.'

"국왕 폐하, 저는 수도에 저택을 원합니다. 그리고 저택에 거주할 기사들과 병사들이 있을 수 있도록 해 주십시오. 이는 저의 안전을 위해서 반드시 필요한 일입니다. 그리고 저에게 왕국의 상권을 일부 주셨으면 합니다. 저는 제국과 왕국에 새로운 상권을 마련하였으면 합니다."

국왕은 브레인의 말을 듣고는 놀라서 입을 다물 수가 없었다.

수도에 저택을 달라고 하는 것은 이해를 했지만 타국의 귀족이 자국의 상권을 달라고 하는 것은 도저히 들어줄 수가 없는 일이었다.

이는 왕국을 보호하기 위해서도 절대 들어줄 수 없는 일이었다.

"브레인 경. 다른 부탁은 가능하지만 상권을 달라는 말은 들어줄 수가 없을 것 같소. 자국의 상권을 보호하기 위해서라도 타국의 귀족에게 상권을 줄 수는 없는 일이 아니오."

"하면 저에게 주실 수 있는 것이 무엇입니까?"

브레인의 말에 국왕은 심각하게 고민을 하게 되었다.

보상을 해 주겠다고 했으니 마땅한 보상을 해 주어야 하는데 무엇을 주어야 하는지가 생각나지 않았다.

"일단 그대가 원하는 저택을 수도에 마련해 주겠소. 그리고 기사들과 병사들도 지원해 주겠소. 다만 상권에 대한 것은 다른 것으로 해 주었으면 하오."

"다른 것이라면 어떤 것을 말씀하시는지요."

브레인은 국왕과 단판을 지으며 확실하게 뜯어내려고 하였다.

"우리 왕국의 상권은 줄 수 없으니 금전적으로 보상을 해 주겠다는 말이오. 내 생각에는 오만 골드 정도를 생각하고 있는데 어떻소?"

오만 골드라면 적은 돈은 아니지만 많은 돈도 아니었다.

이제 귀족으로 행세를 해야 하는 브레인의 입장에서는 적지 않는 돈이 있어야 했기 때문이다.

물론 마법 주머니에 있는 돈만 해도 자손 대대로 먹고살 수 있는 돈이었지만, 브레인은 그 돈을 되도록 사용하지 않으려고 하였기 때문이다.

하지만 왕국의 입장도 생각해 주어야 했기에 결국 국왕의 결정에 합의를 보기로 마음을 정하였다.

"알겠습니다. 폐하의 말씀이시니 그대로 하겠습니다. 그리고 저택의 경비는 제국에서 가문의 기사를 데리고 올 동안 왕국의 기사들에게 도움을 받았으면 합니다."

"그 문제는 자이넨 자작과 상의를 하면 될 것이오."

"감사합니다. 폐하."

브레인은 국왕의 허락을 받았기 때문에 기분이 매우 좋았다.

하지만 헤이론 왕국의 국왕은 그리 좋은 기분이 아니었다.

제국의 귀족 때문에 이런 보상을 해야 한다는 것이 마음이 상해서였다.

브레인은 모든 일을 마치고 왕궁을 나왔다.

국왕은 수도에 있는 저택 중에 비어 있는 곳을 브레인에게 주었기 때문이다.

지금 브레인은 자신의 명의로 되어 있는 저택으로 가고 있는 중이었다.

그것도 근위 기사단의 보호 아래 가고 있었다.

브레인의 그런 모습을 주시하고 있는 눈동자가 있었는데 바로 도둑 길드의 수장이었다.

"흐흐흐, 우리가 물러가니 살 만하겠지만 그것은 잘못된 생각이지. 우리는 절대 포기라는 것을 모르니 말이야. 암습이 안 되면 이번에는 암살을 해서라고 너의 소중한 것들을 가지고 올 것이다. 두고 보아라."

길드의 수장은 이미 아지트를 다른 곳으로 옮겨 놓았다.

이미 왕국에 알려져 있는 곳에 남아 있을 이유가 없어서였다.

그리고 이제 왕국의 경비대에서 자신들을 단속하기 위해 대대적으로 움직일 것이기 때문이다.

도둑 길드의 인연은 이렇게 질기고 질기게 악연으로 남게 된 브레인이었다.

"오늘은 동생에게 가서 도움을 받도록 하자. 혼자는 도저히 방법이 없으니 말이야. 흐흐."

헤이론 도둑 길드의 마스터는 어세신 길드의 마스터를 동생으로 두고 있는 자였다.

그래서 자신에게 도움이 되지 않는 자를 동생에게 의뢰를 하여 죽여 버리고 있었는데, 이번에 브레인이 그런 도둑 길드의 마스터와 악연이 이어진 것이다.

브레인은 그런 사정을 모르니 즐거운 마음으로 자신에게 주는 저택을 구경하기 위해 가고 있었다.

수도에서 귀족들이 모여 사는 곳과는 조금 떨어진 곳에 화려하지는 않지만 제법 규모가 있는 저택이 있었다.

예전에 왕국의 후작이 기거를 하던 저택이었는데 후사도 없이 죽어서 저택은 나라에서 관리를 하고 있던 곳이었다.

국왕은 그 저택을 브레인에게 주었고 지금 근위 기사들과 시종장이 함께 와 있었다.

"여기가 브레인 경이 사실 저택입니다. 마음에 드십니까?"

"좋군요. 이 정도면 충분합니다. 국왕 폐하께 감사하다고 전해 주시오."

"마음에 드신다니 다행입니다. 집사와 하인들은 이미 준비가 되어 있을 것입니다. 안으로 드시지요."

시종장의 말에 브레인은 저택으로 들어갔다.

저택의 안에는 새로운 주인을 반기기 위해 집사와 하인들이 나와 있었다.

"어서 오십시오. 브레인 님."

"환영합니다. 주인님."

집사와 하인들은 인사를 하였고 브레인은 가만히 인사를 받아 주었다.

"모두 반갑네. 집사는 앞으로 잘 부탁하네."

브레인의 인사에 집사와 하인들은 눈빛을 빛내고 있었다.

이들에게는 새로운 주인이 누구인가에 따라 자신들의 운명이 달라지기 때문이었다.

브레인이 저택을 인수 받고 근위 기사와 시종장은 돌아갔다.

브레인은 새로운 저택에서 이제 시작이라는 마음을 다지고 있었다.

'이제부터 나의 인생이 시작이니 최선을 다해 노력을 해보자.'

브레인이 아직은 야망은 없었지만 시간이 지나면 어떻게 변할지는 본인도 모르는 일이었다.

이렇게 헤이론 왕국에서 기반을 다지고 있는 브레인의 행보가 시작되었다.

9.
실력을 키우다

브레인과 자이넨 자작이 의논을 하여 저택에 대한 경비는 수도 경비대가 책임을 지게 되었다.

특히 브레인이 제이슨을 추천하여 제이슨은 저택의 경비에 대한 모든 책임을 지는 책임자가 되었다.

저택에는 모두 다섯의 기사가 배치되었는데 이들 중에 가장 선임자가 바로 제이슨이었다.

브레인은 제이슨의 성격이 마음에 들어 추천을 한 것이기도 하지만 말이다.

저택에 대한 경비가 완료되자 브레인은 자신의 실력에 대한 회의를 느꼈다.

나름대로 열심히 수련을 하였다고 하였는데 두 번이나

상대에게 당하게 되니 자신의 목숨이 위험하다는 것을 느끼게 되었다.

"나도 수련을 하여 더 실력을 길러야 한다. 힘이 없는 자는 죽을 수밖에 없는 것이 현실이니 어떻게 하던지 실력을 높여야 하는데 방법이 없을까?"

브레인은 자신의 실력에 자신을 하지 못했다.

익스퍼트 상급의 실력이 약하지는 않지만 그래도 강자라고 할 수는 없는 실력이었다.

한참을 고민하던 브레인은 결국 모질게 마음을 먹었는지 입술을 깨물었다.

'마나석을 이용하여 마나를 모으자. 다른 방법이 없으면 편법으로 하면 되지.'

브레인은 위험하지만 마나석을 이용하여 마나를 모으기로 마음을 정하였다.

저택에는 수련을 위해 지하에 별도의 연무장이 마련되어 있었기에 누구의 간섭도 없이 수련을 할 수 있었다.

마음을 정한 브레인은 당장 시작하기로 했다.

"크레임 집사, 지금 당장 제이슨 경을 불러오게."

"알겠습니다. 브레인 님."

집사는 브레인의 말에 바로 움직였다.

브레인이 다른 생각을 하고 있는 사이에 제이슨이 다가왔다.

"찾으셨습니까."

"제이슨 경에게 부탁을 할 것이 있어서 불렀소."

제이슨은 갑자기 불러 부탁을 한다고 하니 이상한 기분이 들었지만 지금은 브레인의 안전을 책임져야 하는 입장이라 그런 기분을 털었다.

"무슨 일이신데 그러십니까?"

"다름이 아니라 내가 오늘부터 지하의 수련장에서 수련을 하려고 하는데 저택의 일을 제이슨 경이 처리를 해 주었으면 하오."

제이슨은 브레인의 말에 마법을 수련하려고 하는 것이라고 생각하였다.

일전에 자신을 치료한 마법을 보았기 때문이었다.

"그렇게 하겠습니다. 걱정하시지 말고 수련을 하십시오."

마법사의 수련은 조용해야 한다고 들어서 제이슨은 자신에게 부탁을 하는 것이라고 믿고 있었다.

사실은 그런 것이 아닌데 말이다.

브레인은 제이슨에게 부탁을 하고는 바로 지하로 내려갔다.

한시도 지체할 수 없는 일이라고 생각해서였다.

자신의 실력을 높이는 것만이 살아날 수 있는 방법이라고 생각하는 브레인의 입장에서는 당연한 선택이었다.

지하의 수련장으로 내려가는 브레인은 입구만 보아도 크기를 짐작할 수 있었다.

구르릉!

거대한 철문이 열리는 소리는 그리 듣기에 좋은 기분은 아니었다.

철문의 안에는 잠금장치가 되어 있어 누구도 허락 없이는 출입을 할 수 없게 되어 있었다.

"이 정도면 수련을 하는 것에는 문제가 없겠네. 그럼 시작해 볼까."

브레인은 팔찌의 아공간을 열었다.

"아공간 오픈!"

아공간이 열리자 브레인은 안에서 마법 주머니를 꺼냈다.

마법 주머니에는 자신의 실력을 높일 수 있는 마나석이 있어서였다.

브레인도 이제는 자신이 가지고 있는 마나석이 최상급과 상급의 마나석이라는 것을 알고 있었다.

이는 마법 지부에 갔다가 마나석을 보게 되어 그 빛깔로 등급을 정한다는 소리를 들어서였다.

"이 정도면 얼마나 높일 수 있을지 모르겠네."

브레인은 마나석을 들고 빛깔을 구경하였다.

마나석의 마나를 흡수하는 방법은 마나 호흡법을 이용하여 흡수는 것인데, 지금 대륙에 알려져 있는 마나 호흡법은 고대 제국의 평민들이 사용하던 호흡법이라 그 실용성이 상당히 부족하였다.

하지만 브레인은 지금 고대 제국의 근위병이 사용하는 마나 호흡법을 그것도 원형으로 익히고 있었기에 충분히 가능한 일이었다.

브레인은 근위병의 마나 호흡법 말고도 근위 기사들의 마나 호흡법과 제국 황실의 마나 호흡법이 있다는 것을 알고 있었다. 하지만, 아직 자신이 자질이 부족한지 근위 기사의 것은 이제 막 시작을 하는 단계에 접어들었지만 황실의 것은 아직도 접근을 하지 못하고 있었다.

"자, 그럼 시작해 보자. 나의 운명은 너에게 달려 있으니 잘 부탁한다."

브레인은 은은한 마나의 기운을 간직한 마나석을 손에 쥐고 천천히 기사단의 마나 호흡법을 운기하기 시작했다.

마나 호흡법을 시작하자 브레인의 손이 있던 마나석이 은은한 빛을 내기 시작했다.

한참의 시간이 지나도록 마나석은 빛만 내더니 어느 순간에 폭발적인 마나가 브레인의 체내로 흡수가 되기 시작했다.

'헉! 엄청난 마나다. 정신 바짝 차려야 한다.'

브레인은 엄청난 마나에 기쁨과 고통이 상반되는 기분을 느꼈다.

아프면서도 기쁜 그런 신기한 상황이 되었다.

마나의 황홀한 빛과 서서히 차오르는 마나의 양에 브레인의 가슴은 터질 것 같은 환호를 지르고 있었다.

하지만 그렇게 쉽게 마나를 흡수할 수 있다면 누구나 못할 이유가 없지 않겠는가 말이다.

브레인의 마나홀은 이제 시작하는 단계였기에 아직 그크기가 상당히 적었는데 지금 새롭게 몸에 흡수되는 마나의 양은 브레인이 가지고 있는 양보다도 많았기에 마나는 몸속에서 빠져나가려고 하였다.

'안 돼! 나가지 말고. 돌아와.'

브레인은 간절하게 마나가 나가려는 것을 불렀다.

그런 간절함이 마나를 감동시켰는지 돌연 마나는 나가는 것을 미루고 브레인의 몸을 돌기 시작했다.

몸속을 돌고 있는 마나는 브레인의 마나홀이 마음에 안드는지 강제로 부수고 새로 만들고 있었다.

'크윽.'

브레인은 엄청난 고통에 신음이 나오려는 것을 간신히 참고 있었다.

꾸르릉, 꽝!

마나는 몸속에서 계속해서 마나홀을 확장시키는 작업을 하고 있으니 그 고통은 말로 표현할 수 없을 정도였다.

브레인은 이제 거의 정신을 잃을 정도였다.

부르르.

브레인의 몸이 사정없이 떨리기 시작했고 브레인은 그대로 기절을 하고 말았다.

신기한 것은 기절을 하였는데도 몸은 그대로 있는 상태였다.

마나는 주인이 기절한지도 모르고 계속해서 마나홀을 확장하고 있었고, 마침내 마나석에 있는 모든 마나를 다 사용하였는지 브레인의 몸에서는 강렬한 빛이 나기 시작했다.

파아악!

강렬한 빛과 함께 엄청난 마나의 파동이 일어났다.

그그그긍.

마나의 파장에 저택이 흔들리고 있었다.

"도대체 이게 무슨 일인가?"

제이슨은 브레인이 수련장으로 들어가고 얼마 지나지 않아 강력한 마나의 파장이 일어나자 깜짝 놀라고 말았다.

이런 일은 마법사가 상위 서클로 갈 때 나타나는 일이었기 때문이다.

기사라면 마스터의 경지에 도달하면 나타나는 징조이기도 했지만, 브레인이 기사라는 생각을 전혀 하지 않는 제이슨은 아마도 마법의 상위 서클을 만들고 있다고 생각하고 있었다.

"기사들과 병사들은 지금 당장 저택을 엄중히 경호하라."

제이슨은 지금이 중요한 시기라고 생각하였는지 기사들과 병사들에게 지급으로 지시를 내렸다.

제이슨의 지시를 받은 기사들과 병사들은 철통같은 경비를 섰다.

병사들은 아직 이런 상황에 대해 모르고 있었지만 기사들은 대충 알고 있었는지 군소리 없이 경비를 서고 있었다.

"마법사는 서클을 올리는 것도 기사들보다는 요란한 것 같지 않아?"

"저도 마법사의 경우는 이번이 처음이라 모르겠습니다. 선배님."

"하기는 우리 기사가 마법사와 함께 있을 이유가 없으니 모르는 것이 정상이지."

기사들은 이번 마나 파동이 마법사의 서클을 올리는 것으로 오해하고 있었다.

지하의 석실에는 실로 요상한 광경이 연출 되고 있었다.

브레인의 몸에 걸치고 있던 옷들은 모두 어디로 갔는지 사라졌고, 몸은 새롭게 태어나는 아이처럼 스스로 허물을 벗고 있었다.

이는 마스터의 경지에 도달해야만 되는 바스트 체인지의 현상이었다.

브레인의 몸에서는 한참의 시간 동안 허물이 벗어지고

다시 새살이 나고 하는 현상이 두 번이나 일어났다.

시간이 지나자 브레인은 마치 잠에서 깨는 것 같은 개운함을 느끼며 눈을 떴다.

"죽지는 않았구나. 다행이다."

브레인은 아직 자신이 죽지 않았다는 것만으로도 행운이라고 생각했다.

자신이 아직도 마나 호흡법의 자세 그대로 있는 것에 브레인은 의문스러운 눈빛이 되었다.

"어째서 쓰러지지 않았지? 마나 호흡법을 하는 자세로 기절을 한 것인가?"

브레인은 자신의 자세에 의문을 느끼며 서서히 마나 호흡법을 해 보았다.

꽈아아아!

노도와 같이 마나의 물살이 체내를 휘도는 것에 브레인은 깜짝 놀랐다.

"헉! 이렇게 마나가 엄청나다니?"

브레인은 자신의 몸에 일어난 변화를 아직은 모르고 있었다.

강대한 마나의 힘에 놀란 브레인은 한참을 그렇게 마나를 느끼고 있었다.

브레인은 지금 마스터의 경지에 도달을 하였지만 아직 마스터가 된 것은 아니었다.

표현을 하자면 반쪽짜리 마스터라고 하면 되는 경지였다.

오러 블레이드는 만들 수 있지만 아직 완전한 검술의 경지는 아니라는 말이었다.

브레인은 정신을 차리고 자리에서 일어서려는데 자신이 아무것도 입지 않고 있다는 것을 알게 되었다.

"나에게 엄청난 마나가 있는 것을 보니 바스트 체인지가 일어난 것인가?"

브레인은 지금의 상태를 잠시 생각해 보았다.

자신의 현 상태는 바스트 체인지가 아니고는 이해가 가지 않았기 때문이었다.

브레인의 눈길이 주변을 살피게 되었고 자신의 눈에 보이는 것이 마치 뱀이 탈피를 한 것처럼 주변에 널려 있는 이질적인 노폐물들이 보였다.

"역시, 바스트 체인지를 하였구나. 그러면 나는 마스터의 경지에 도달한 것인가?"

브레인은 마스터라는 생각이 들자 자신도 모르게 옆에 있는 검을 뽑게 되었다.

검을 손에 들자 브레인은 참지 못하는 욕구가 생겼다.

주체할 수 없을 만큼 많은 마나를 검에 주입해 보고 싶은 그런 마음 말이다.

검에 마나를 강하게 주입하자 검에는 선명한 오러 블레이드가 생기고 있었다.

오러가 만들어지는 과정을 보면서 브레인의 마음은 한없이 들뜨게 만들었다.

"하하하, 나도 소드 마스터가 되었다."

브레인은 마스터의 경지에 도달하였다는 것이 이렇게 기쁜지는 정말 몰랐다.

지금의 기분은 마치 하늘을 날아가는 것처럼 흥분이 되고 즐거웠다.

브레인의 그런 즐거움을 잠시 동안 계속되었지만 이내 얼굴이 굳어지는 브레인이었다.

"이런, 몸은 마스터의 경지인데 검술은 아직 많이 부족하니 이거를 마스터라고 해야 하나?"

브레인은 자신의 검술이 아직은 부족한 것이 많았다는 것을 깨닫고는 이왕에 수련을 시작하려면 제대로 해 보고 싶었다.

마스터가 되었으니 제대로 된 마스터가 되고 싶어서였다.

인간은 누구나 욕심이 있는데 브레인은 검에 대한 욕심이 누구보다도 강했다.

이는 가문의 주인이 되기 위해서이기도 하고 자신이 힘이 있어야 가문을 살릴 수도 있었기 때문이다.

카이라 제국은 강자가 아니면 살아남지를 못하는 곳이었다.

가문의 마나 호흡법으로는 근위병사들의 것으로 하면 되

니 이제 자신만 힘을 기르면 되는 일이었다.

"반드시 완전한 마스터가 되어 가문의 명예를 회복할 것이다."

브레인은 그렇게 마음을 먹고 모질게 검술을 수련하기 시작했다.

브레인이 알고 있는 검술은 지금 이 시대에서는 강력한 힘을 발휘할 정도로 대단한 것들이었지만 그만큼 수련을 하기도 어려웠다.

친구들에게는 병사들의 검술이라 그리 어렵지 않을지는 몰라도 자신이 배우려고 하는 것은 최소한 근위 기사의 것이고 황실의 검술도 있었다.

브레인은 마스터에 어울리는 실력을 가지기 위해 수련을 하고 있을 때 수도의 한 곳에서는 은밀한 만남이 이루어지고 있었다.

"아니, 형님이 어쩐 일이오?"

"부탁이 있어 왔다."

"그런데 형님 무슨 일을 하셨길래 지금 수배를 받고 있는 거요?"

두 남자 중에 한 명은 도둑 길드의 수장인 남자였고, 다른 남자는 왕국의 어쌔신 길드의 수장이었다.

두 남자는 실지로 친형제였기에 아직도 이렇게 사이좋게 만나고 있었다.

"이번에 크게 한탕을 하고 떠나려고 하였는데 그자가 마법사인지 모르는 바람에 크게 당하고 말았다. 우리는 기사라고만 알고 준비를 하였다가 마법에 속수무책으로 당하고 말았다."

"그럼, 형님은 그 남자의 정체를 알고 계시오?"

"나도 처음에는 몰랐다가 알아보니 카이라 제국의 백작가의 장남이라고 들었다."

어세신 길드의 수장은 잠시 생각에 잠겨 있는 얼굴이었다.

제국의 귀족이 암살당하면 제국은 그 암살자가 속한 집단을 철저히 공격하여 말살을 시켜 버리기 때문에 쉽게 제국 귀족의 암살을 의뢰받지 못하게 하고 있었다.

도둑 길드의 마스터인 남자도 그런 사실을 알고 있기 때문에 쉽사리 청부를 하지 못하고 있었다.

"형은 내가 어떻게 해 주었으면 좋겠소?"

"나는 그놈에게 복수를 하고 싶다. 물론 그놈이 가지고 있는 물건도 포함해서 말이다. 그 물건이면 우리 형제는 다른 나라에 가서 평생 편하게 살 수가 있다."

도둑 길드의 마스터가 하는 말을 조용히 듣고만 있던 동생은 한참을 생각하는 얼굴을 하다가 마침내 결정을 내렸는지 형의 얼굴을 보며 입을 열었다.

"알았어. 이번이 내가 형제로서 해 주는 마지막 일이 될 거야."

어세산 길드의 마스터인 동생은 형의 욕심을 알고 있었다.

그 끝이 없는 욕심을 당할 사람은 아무도 없다는 것도 알았다.

결국 저렇게 살다가는 좋지 않은 결과를 보게 될 것이라는 생각에 자신이 위험하지만 이번이 마지막이라는 말을 하면서 관계를 끊으려고 하는 것이었다.

동생의 말에 약간 안색이 변하기는 했지만 이내 입가에 웃음을 짓는 형이었다.

"고맙다. 이번이 마지막이라고 생각하고 부탁하마."

도둑 길드 마스터는 말은 그렇게 하지만 속은 다른 생각을 하고 있었다.

'흐흐흐 너는 앞으로도 영원히 나의 일을 해 주어야 한다. 나는 너의 모든 것을 알고 있기 때문이지.'

도둑 길드 마스터의 그런 생각을 동생은 모르고 있다고 생각하고 있지만 동생은 그런 형의 미소를 보고 이미 짐작하고 있었다.

'형이 나의 모든 약점을 쥐고 있다고 생각하고 다시 한번 나에게 찾아오면, 그때는 아마도 시체가 되어 나가야 할 거야. 나도 더 이상은 길드에 피해를 줄 수는 없으니 말이야.'

어세신 길드의 마스터는 아무나 하는 것이 아니었다.

사람을 죽이는 직업을 그것도 그 수장을 하는 사람이 가족이란 온정에 빠져 있다면 그 길드는 망하는 수밖에는 방법이 없지만 수장이 냉정하면 길드는 번창을 할 수 있었다.

그런 곳에 생활을 하고 있는 동생이니 당연히 가족을 생각하기 보다는 길드원을 챙겼다.

브레인이 검술을 수련한다고 한동안 지하 수련장에 있으니 저택은 하는 일없이 한가하기만 했다.

그런 저택에 손님이 찾아왔다.

"나는 경매장에 있는 제이코라고 하니 안에 브레인 님에게 내가 왔다고 전해 주시게."

"잠시만 기다려 주십시오."

제이코는 경비대의 사람이라면 다 아는 얼굴이었기에 병사는 바로 제이슨에게 보고를 하기 위해 안으로 들어갔다.

제이코가 오늘 이곳을 찾아온 이유는 바로 보석에 대한 경매가 끝이 났기 때문이었다.

보석은 제이코의 예상대로 엄청난 가격에 낙찰이 되었다. 대륙에 구경하기 힘든 최고급의 보석이었기 때문에 사실 경매도 치열하게 진행이 되었다.

결국 치열한 경쟁에 승리를 한 귀족에게 보석이 돌아갔지만, 경매장에서는 엄청난 금액에 대한 커미션도 장난이 아니었다.

금액이 너무 크다 보니 결국 제이코가 직접 이렇게 찾아오게 된 것이다.

"어서 오십시오. 제이코 님."

제이슨은 병사의 보고를 받고는 바로 정문으로 나왔다.

제이코는 자신도 알고 있는 인물이었기 때문이다.

그리고 오늘 찾아온 이유도 대충은 짐작하고 있었다.

"반갑소. 제이슨 경."

"우선 안으로 드시지요. 브레인 님이 지금 수련을 하시고 계시니 제가 말로만 전해 줄 수밖에 없습니다."

제이코도 수련을 할 때는 아무도 접근을 하지 못하게 한다는 것을 알고 있기에 그냥 고개만 끄덕이는 것으로 대답을 대신하였다.

제이슨의 안내로 안으로 들어온 제이코는 집 안의 거실에 앉았다.

제이슨이 집사에게 차를 준비하라는 지시를 받았는지, 제이코가 자리에 앉으니 바로 차가 나왔다.

"제이코 님, 여기 차라도 드십시오."

"고맙소. 제이슨 경."

차를 마시며 잠시 주변을 살피던 제이코는 이내 침착한 얼굴을 하며 입을 열었다.

"전에 브레인 님이 경매를 부탁한 물건이 팔렸소. 그런데 그 가격이 조금 커서 이렇게 직접 오게 된 것이오."

"그렇습니까? 얼마나 되는데 직접 오신 것입니까?"

"무려 이십만 골드에 낙찰이 되었소. 커미션만 해도 우리는 만 골드나 되니 말이오."

제이슨은 보석 하나에 이십만 골드라고 하니 기절을 하고 싶은 기분이었다.

자신이 평생을 벌어도 오천 골드를 벌기가 어려운데 작은 보석 하나에 이십만 골드라고 하면 이는 보통 귀족가가 평생 먹고 놀 수 있는 자금이었다.

"그…… 그렇게 많습니까?"

제이슨은 자신도 모르게 말이 떨렸다.

"후후후, 나도 예상하지 못한 금액이니 제이슨 경이 놀라는 것은 당연한 일이오. 금액이 크니 어떻게 하실 것인지를 알고 싶어 이렇게 찾아온 것이오."

제이코가 찾아올 만하다고 생각이 드는 제이슨이었다.

"일단 제가 보고를 드리겠습니다. 하지만 오늘 답변을 들을 수 있는지에 대해서는 장담을 드리지 못합니다."

"알겠소. 일단 이야기를 전해 주시오. 나는 경매장에 가서 기다리기로 하겠소."

"그렇게 하십시오."

제이슨도 그냥 기다리라고 할 수는 없는 입장이었기에 제이코가 원하는 대로 하라고 하였다.

제이코는 말을 전했으니 마음 편하게 돌아갈 수 있었다.

제이슨은 아직도 정신이 없는 얼굴이었다.

제이코가 있을 때는 그래도 정신을 차리고 있었는데 지금은 완전히 정신이 나간 사람 같았다.

약간의 시간이 지나자 정신을 차린 제이슨은 브레인이 수련하고 있는 지하로 내려갔다.

지하에는 굳게 잠겨 있는 철문이 제이슨을 반겼다.

제이슨은 철문 앞에 가서 밑에 보이는 작은 문을 열었다.

이 작은 구멍은 식사를 가져다주는 곳이었다.

"브레인 님, 안에 계십니까?"

"무슨 일이오?"

브레인은 수련을 하는 동안은 아무도 출입을 시키지 말라고 지시를 내렸는데, 제이슨이 직접 자신을 찾아왔다면 무언가 일이 있다고 판단이 되었다.

"전에 저와 함께 경매장에 가신 기억이 나십니까?"

브레인은 제이슨의 말을 듣고는 예전에 보석을 경매해 달라고 하였던 기억이 났다.

"알고 있소. 그런데 경매는 왜 묻는 것이오?"

"경매장에서 제이코 님이 다녀가셨습니다. 경매가 끝났다고 전하고 가셨습니다."

"다른 말을 하지 않고 갔소?"

브레인은 경매가 끝났다고 하니 얼마에 팔렸는지가 궁금했다.

"보석이 이십만 골드에 팔렸다고 하였습니다. 커미션으로 일만 골드를 제해도 십구만 골드라고 합니다."

제이슨의 말에 브레인은 깜짝 놀라고 말았다.

작은 보석 하나가 그 정도가 가치가 있는지는 정말 몰랐기 때문이다.

자신에게 있는 보석 중에 가장 작은 것을 팔려고 하였는데, 그 정도의 가치를 가졌으면 이는 자신이 엄청난 부자라는 말이었다.

"허어, 비싸게도 팔렸네. 좋은 소식을 전해 주어 고맙지만, 제이코 경에게 수련을 마치고 간다고 전해 주시오."

"알겠습니다. 수련을 방해해서 죄송합니다."

제이슨은 수련을 하는 사람에게 이런 소식도 독이 된다는 것을 알기에 미안하다고 사과를 하였다.

하지만 안에서는 더 이상 말이 없었다.

브레인은 다시 수련에 집중하였기 때문이다.

돈이야 나중에 찾으러 가면 되지만 지금 자신이 하고 있는 수련은 지금이 아니면 힘들었다.

깨우침을 가졌을 때 더욱 몰아붙여야 했다.

마스터의 몸을 가지고 이제 검술에도 새로운 눈을 뜨고 있는 브레인이었다.

브레인이 그렇게 열심히 수련을 하고 있을 때 저택을 유심히 살피는 눈길이 있었다.

바로 어세신 길드의 마스터였다.

"저택으로 잠입은 그리 어렵지 않은데 수련을 한다고 지하에 처박혀 있으니 방법이 없네."

브레인이 있는 지하에도 찾아갔지만 문제는 철문으로 되어 있어 들어갈 방법이 없었다.

암살을 하려면 상대가 보여야 암살을 할 것이 아닌가.

상대가 숨어 있으니 암살을 하려고 해도 암살을 할 수가 없었다.

어세신 길드 마스터는 브레인이 수련을 하고 있다는 소식을 듣고는 아직 기다려야 한다고 보았다.

결국 시간이 지나야 해결이 되는 그런 의뢰였다.

"형이 많이 기다리고 있을 텐데 미안하군."

남자는 그렇게 중얼거리며 조용히 사라졌다.

집을 지켜보고 있다고 해서 수련을 하는 사람이 나오는 것도 아니니 결국 철수를 하고 나중에 오기로 결정을 한 것이다.

브레인은 자신을 암살하려고 하는 존재가 있다는 사실도 모르고 열심히 수련을 하고 있었다.

브레인은 지금 근위 기사단이 사용하는 검술을 배우고 있는 중이었다.

병사들의 검술은 이미 마스터를 하였다고 생각하고 이제는 기사들의 검술을 배우고 있는 중이었다.

"이거 기사단의 검술이라고 해도 상당히 어렵네. 최소한 마스터의 경지라면 근위 기사단이 사용하는 검술은 사용해야 하는 것 아닌가."

브레인이 알고 있는 마스터의 상식은 아버지에게 들은 것뿐이었다.

하지만 제임스도 마스터에 대한 부분은 말로만 들은 것이라 상상으로만 가능한 경지였다.

지금의 말로 따지면 그랜드 마스터의 경지라고 할 수 있을 정도였다.

그런 말을 듣고 자란 브레인이 생각하는 마스터의 경지는 얼마나 대단하겠는가 말이다.

"제기랄, 몸은 마스터인데 어째서 검술은 아직도 익스퍼트의 경지에서 벗어나지 못하는 거야."

브레인은 자신의 재능이 부족하다고 생각하며 화를 냈다.

브레인이 알고 있는 마스터의 경지와 현실의 마스터 경지가 다르니 당연한 결과였는데 말이다.

누가 보면 이상과 현실을 구분하지 못하는 놈이라는 소리를 하겠지만 말이다.

브레인은 자신의 실력이 향상되지 않은 것은 아니지만 원하는 바를 성취하지 못하고 있으니 솔직히 마음은 조급해지면서 짜증이 났다.

그래도 자신이 익히고 있는 검술이 대단한 것이라고 위

안을 하며 다시 기사들의 검술에 매진을 하기 시작했다.

지금은 오로지 수련에 매진하는 방법밖에는 없다고 믿고 있어서였다.

저택에는 주인인 브레인이 수련을 한다고 조용한 나날을 보내고 있었다.

꽈르르 쾅!

갑자기 엄청난 굉음이 나면서 저택에 진동이 일어났다.

"무슨 소리야?"

"어, 어? 이거 땅이 왜 이래?"

병사들은 갑자기 진동이 일어나자 놀라 소리를 쳤다.

제이슨은 갑작스런 일이 발생하자 놀라기는 했지만 재빠르게 기사들과 병사들을 다독였다.

"진동은 금방 사라지니 병사들은 경비에 만전을 기하라. 그리고 기사들은 나를 따르라."

제이슨은 혹시 있을 침입에 지하의 입구를 살피기 위해 움직이려고 하였다.

기사들은 제이슨의 외침에 바로 이동을 하였다.

제이슨은 기사들과 지하의 입구를 향했다.

지하의 입구에 자욱한 먼지가 날리는 것을 본 제이슨은 침입자가 있다는 생각에 마음이 다급해졌다.

"당장 안에 무슨 일이 있는지 조사한다. 모두 안으로 진입한다."

챙챙챙!

제이슨의 명령에 기사들은 검을 뽑아 적의 공격에 대비를 하며 안으로 들어갈 준비를 하였다.

제이슨은 가장 선두에 서서 안으로 진입을 하였고 조금 안으로 들어가자 눈앞의 전경에 기겁을 하고 말았다.

"헉! 브레인 님!"

제이슨만 놀라는 것이 아니라 함께 내려온 기사들도 모두 놀라고 있었다.

자신들이 보고 있는 곳에는 그 단단하던 철문이 산산조각이 나 있었기 때문이다.

무슨 방법을 사용한지는 모르지만 저 단단한 강철 문을 박살 내고 나온 브레인이 지금 이들에게는 사람같이 보이지가 않았다.

"하하하, 제이슨 경 미안하오. 내가 조금 거칠어서 말이오."

브레인은 제이슨을 보고 어색하고 미안한지 웃음으로 때우고 있었다.

제이슨은 브레인이 상당히 어색해한다는 것을 느끼고는 이내 기사들에게 지시를 내렸다.

"너희들은 당장 입구를 봉쇄하라. 누구도 침입을 못하게 하는 것이 임무이다."

"예, 제이슨 님."

"알겠습니다. 제이슨 님."

기사들은 제이슨의 명령에 빠르게 나갔다.

기사들이 나가자 제이슨은 다시 브레인을 보고 입을 열었다.

"도대체 어떻게 된 일입니까?"

제이슨의 눈에는 온통 의문스러운 빛이 가득하였다.

브레인은 그런 제이슨을 보며 이 사람을 가문의 기사로 삼아도 되지 않을까라는 생각이 들었다.

'이참에 제이슨을 우리 가문의 기사로 삼을까? 강한 검술과 마나 호흡법이라면 충분히 가능할 것 같은데 말이야. 저 정도면 사명감도 있고 사람도 정직하니 잘만 하면 좋은 기사를 만들 수 있을 것 같은데. 어떻게 하지.'

브레인은 제이슨을 보며 갈등을 하고 있었다.

"제이슨 경, 잠시 나와 대화를 합시다."

제이슨은 설명을 부탁하는 눈빛이었다가 갑자기 자신과 대화를 하자는 말에 이해를 하지 못하겠다는 눈빛을 하며 브레인을 바라보았다.

브레인은 그런 제이슨에게 가장 빨리 설명을 하는 방법을 알고 있었다.

"제인슨 경, 나를 보시오."

"무슨 말씀이신지…… 헉! 오… 오러 블레이드!"

제이슨은 브레인의 검에 선명하게 생성되는 오러 블레이

드를 눈으로 보고 저절로 신음 소리가 나왔다.

마법사라고 알고 있는 브레인이 기사의 정점이라고 할 수 있는 오러 블레이드를 만들었으니 놀라는 것은 당연한 일이었다.

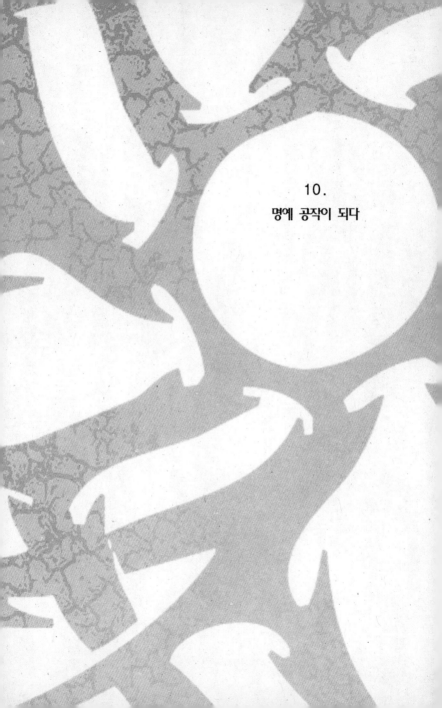

10.
명예 공작이 되다

제이슨은 브레인이 마스터의 경지에 오른 것을 확인하고
는 바로 왕국에 보고를 하였다.

예전에 마법을 사용한 것은 아티팩트를 사용하였다는 것
도 함께 첨부를 하여 보고를 하였다.

혹시나 왕국에서 실수를 하는 일이 생기지 않기를 바라
는 마음에서였다.

소드 마스터라는 경지는 아무나 오르는 그런 경지가 아
니었다.

마스터는 정말 하늘이 내리는 그런 사람이라고 할 수 있
을 정도로 오르기 힘든 경지였기 때문이다.

헤이론 왕국에서는 제이슨의 보고에 난리가 나 버렸다.

제국의 귀족이 왕국에 와서 새로운 경지에 도달한 것은 축하해야 하는 일이었지만, 새로운 마스터의 등장은 왕국을 곤혹스럽게 하고 있었다.

"아니, 마법사라고 하지 않았소?"

"저도 그렇게 보고를 받았는데 마법사는 아니라고 합니다. 그날 마법을 사용한 것은 마법 물품을 이용하여 사용한 것이라고 합니다. 폐하."

"이런, 그러면 진짜로 마스터의 경지에 올랐다는 말이오?"

"아직 확인을 하지는 않았지만 경비대의 기사가 직접 확인을 하였다고 하니 틀림이 없을 것입니다."

왕국의 국왕은 브레인의 문제 때문에 한시도 편하지 않는다는 것이 정말 마음에 들지 않았다.

제국의 귀족이 자신의 왕국에 와서 피해를 입은 것도 혹시 다른 뜻이 있는 것이 아닌가라는 의심이 들어서였다.

"혹시 말이오. 전에 암습을 받은 것도 자작극이 아니오?"

국왕의 입장에서는 충분히 그렇게 생각할 수도 있는 문제였다.

마스터의 경지에 도달한 사람이라면 이미 최소한 익스퍼트 최상급의 실력을 가지고 있었다는 이야기이니 당연히 의문이 들 수밖에 없었다.

귀족들도 국왕의 말을 들으니 그럴 수도 있다는 생각이 들었다.

"폐하, 그 문제는 제가 확실히 알아보겠습니다. 일단 브레인 경이 마스터의 경지에 도달하였는지를 먼저 확인하는 것이 순서입니다."

왕국의 귀족 중에 가장 현명하며 독설가로 소문이 난 바이칼 후작의 말이었다.

유일하게 왕국에서 현자라는 말을 듣고 있을 정도로 모든 일을 현명하게 처리하는 인물이었다.

"오, 바이칼 후작이 그렇게 말을 하니 일단 기다려 보겠소. 부디 확실하게 일을 마무리해 주기를 바라오."

"걱정하지 마시옵소서. 제가 직접 확인을 하겠습니다. 폐하."

바이칼 후작은 브레인이 등장하고 왕국이 어수선해지고 있어 별로 마음이 들지 않았는데, 이번에 다시 일이 발생하자 이번에는 자신이 나서야 한다고 생각하였다.

왕국의 귀족들이 비상이 걸려 브레인에 대해 조사를 하고 있었지만 정작 당사자인 브레인은 지금 제이슨을 꼬시고 있는 중이었다.

"제이슨 경. 부탁이 있는데 들어주시겠소?"

"무슨 부탁이십니까. 제가 할 수 있는 것은 들어 드리겠습니다. 브레인 님."

제이슨은 존경이 어린 시선으로 브레인을 바라보고 있었다.

마스터라는 경지는 자신이 감히 상상도 하지 못하는 그런 경지였기에 브레인이 제이슨의 입장에서는 하늘같이 보였다.

"내가 헤이론 왕국에 저택을 마련하고 자리를 잡으려고 하는 것은 이곳에 거점을 만들려고 하는 것이오. 그런데 아직 기사들이 없으니 제이슨 경이 나의 기사가 되어 주었으면 하오."

브레인의 부탁에 제이슨은 눈이 번쩍 뜨이는 기분이 들었다.

마스터가 자신에게 기사가 되기를 청하고 있었다.

기사들의 우상인 마스터가 말이다.

제이슨은 경비대의 기사였기에 아직 모시는 주군이 없는 기사였다.

그러니 경비대를 그만두기만 하면 언제든지 주군을 모실 수가 있는 입장이었다.

제이슨은 정신이 번쩍 들었지만 바로 대답을 하지는 않고 잠시 고민을 하였다.

'나에게 저런 말을 하시는 것은 나를 믿고 있다는 이야기이니 어떻게 해야 옳은 판단이 되는 것인가?'

자신도 마스터의 가르침을 받으면 앞으로 많은 발전이

있을 것이라는 것에는 이견이 없었지만, 왕국의 귀족이 아닌 제국의 귀족이라는 것이 마음에 걸렸다.

자신은 헤이론 왕국의 기사였기에 왕국에 충성을 하고 싶었다.

헤이론 왕국은 기사를 키우기 위해 무료로 다니는 아카데미를 만들었고 거기서 십 년이라는 시간 동안 기사의 수업을 받아 익스퍼트의 경지에 도달한 사람은 졸업을 시키고 있었다.

십 년 동안 무료로 배우고 익혀 익스퍼트의 경지에 도달하면 졸업과 동시에 오 년간은 의무적으로 왕국을 위해 근무를 하게 되었다.

제이슨은 오 년의 근무 시간도 끝이 났고 이제는 언제든지 떠날 수 있는 준비는 되어 있었지만 망설이고 있었다.

"제이슨 경, 내가 제국의 귀족이라 망설여지는 것 같은데 나는 헤이론 왕국에 피해를 주고 싶은 생각은 없소. 다만 제국으로 갈 때 나의 세력이 필요해서 지금 여기서 힘을 키우려고 하는 것이오."

브레인의 말을 듣고 있는 제이슨은 브레인이 제국에서 정치적으로 상당히 곤란한 상황이라는 생각이 들었다.

자신의 생각대로 그런 상황이라면 충분히 왕국에 와서 힘을 키워 다시 제국으로 가려는 것이 이해가 되었다.

"그러면 저를 기사로 받아들이시려는 이유가 힘을 키우

기 위해서입니까? 그리고 정말 왕국에는 아무런 피해를 주지 않으시겠습니까?"

"왕국에 피해를 주고 싶은 생각은 없으니 당연히 약속을 해 주겠소. 그리고 그대를 받아들이려고 하는 이유는 그대가 믿을 수 있는 사람이라는 생각이 들어서요. 이만하면 이유가 충분하지 않겠소."

브레인의 말에 제이슨은 충분히 이해를 할 수 있었다.

"마지막으로 한 가지만 더 묻겠습니다. 제국으로는 언제 가시려고 하십니까?"

"제국으로 돌아가는 길은 아직 시간이 많이 걸리는 일이오. 제국의 복잡한 사정에 대해서 자세히는 말을 해 주지 못하지만 그대가 나의 기사가 된다면 나의 입장을 알려 주겠소."

브레인의 말에 제이슨은 확신이 섰다.

기사는 자신을 알아주는 주군을 모시고 싶은 마음을 가지고 있었다.

자신도 그런 기사들과 다르지 않았다.

단지 아직 모실 주군이 없다는 것이 문제였지만 말이다.

"저와의 약속을 어기지 않으시면 브레인 님의 기사가 되겠습니다."

"하하하, 당연히 그대와 약속을 지킬 것이오. 나의 제의를 받아 주어 고맙소. 제이슨 경."

브레인은 제이슨의 영입에 정말 기뻐했다.

자신이 보기에 제이슨은 말이 없고 입이 무거운 인물이었다.

아직 익스퍼트 중급의 실력이지만 자신은 제이슨의 실력을 충분히 올려 줄 수 있는 자신이 있었다.

"아닙니다. 저야말로 영광입니다. 마스터."

제이슨은 자신의 주군이 된 브레인을 부르는 명칭이 달라졌다.

브레인도 제이슨이 자신을 마스터라 칭하는 것이 싫지 않는 표정이었다.

"사실 우리 가문은 제국의 백작가이지만 지금은 가문의 작위만 남아 있는 몰락 귀족이나 마찬가지요."

브레인은 파올로 가문에 대해 조금 각색하여 이야기를 해 주었다.

가문의 힘이 약해지니 다른 귀족들의 정치적인 문제로 인해 몰락을 하게 되어서 지금 이렇게 다시 가문의 힘을 키우게 되었다는 이야기였다.

브레인의 말을 듣고 있던 제이슨은 카이라 제국의 사정을 어느 정도는 알고 있기에 금방 이해를 하였다.

사실 카이라 제국은 신분의 상승이 가장 빠른 나라였다.

평민들도 기사가 될 수 있는 나라가 바로 카이라 제국이었기 때문이다.

기사는 공만 세우면 귀족이 되는 그런 나라이니 강할 수밖에 없었다.

그만큼 실력이 없으면 망하게 되는 나라가 바로 카이라 제국이었다.

왕국에서 알고 있는 내용과는 조금 다른 상황이었지만, 브레인이 마스터라는 것이 밝혀지면서 이제는 알아도 문제가 되지 않게 되었다.

"마스터의 가문을 다시 세우시려면 많은 기사들이 있어야 하지 않습니까?"

"그렇소. 지금도 수련을 하고 있는 기사가 있소. 아마도 그들이 수련을 마치고 돌아오면 새로운 마스터가 생길지도 모르오."

브레인은 자신의 친구들이 가문의 기사가 된다는 맹세를 하면 마스터로 만들 생각이었다.

마스터가 되어야 기사단의 단장이 되도 문제가 없을 것이기 때문이었다.

이제 가문의 기사단이 익히는 마나 호흡법은 준비가 되어 있으니 문제가 없었다.

고대 제국의 근위병사들이 익히는 마나 호흡법을 기사단에 주려고 하고 있었다.

근위병사들이 익히는 것이지만 현존하는 어떤 마나 호흡법보다도 강하다고 자부할 수 있었으니 말이다.

브레인이 알고 있는 호흡법은 변형된 것이 아닌 원형 그대로였기 때문에 부작용이 없이 빠르게 강해질 수 있는 호흡법이었다.

"새로운 마스터라고요?"

제이슨은 다른 마스터가 또 있다는 소리에 속으로 상당히 놀라고 있었다.

"아마도 그들이 나오는 날이 대륙에 가장 강한 가문이 탄생하는 날이 될 것이니 기대하시오."

브레인은 말을 하면서도 확고한 신념의 눈빛으로 누군가를 그리워하는 그런 눈빛을 하고 있었다.

제이슨은 브레인의 눈빛을 보며 거짓이 아니라는 것을 느낄 수가 있었다.

또 다른 마스터가 있는 그런 가문이라면 충분히 가능한 말이었고 믿음이 가는 눈빛이었다.

"축하드립니다. 마스터."

"제이슨 경, 그대도 우리 가문의 마나 호흡법을 배워야 할 것이오. 그리고 혹시 그대와 같은 사람이 있으면 나에게 소개를 해 주시오. 가장 중요한 것은 믿을 수 있는 사람이어야 한다는 것이오."

제이슨은 브레인의 말에 고개를 끄덕이며 대답을 하였다.

"알고 있습니다. 제가 믿을 수 있는 사람으로 알아보겠습니다."

"고맙소. 그대에게 시간이 날 때마다 가문의 검술과 마나 호흡법을 알려 주겠소."

브레인은 제이슨을 자신의 기사로 만든 것이 아주 마음에 들었다.

일단 측근에 믿을 수 있는 수하가 생겼으니 마음이 편해져서였다.

제이슨이 기사들을 알아보기로 하였으니 조만간에 헤이론 왕국에서 자신의 기반을 다질 수하들이 생길 것이고 자신을 따르는 기사들을 강하게 수련시켜 제국으로 갈 준비를 차곡차곡하면 되었다.

무엇보다 브레인에게는 자금력이 탄탄하니 가능한 일이었다.

"브레인 님. 왕궁에서 사람이 찾아왔습니다."

"왕궁에서 나를 찾아왔다고?"

제이슨은 왕궁에서 왔다는 말을 듣고는 자신의 보고 때문이라는 것을 알았다.

"마스터, 아마 제가 한 보고 때문인 것 같습니다."

"보고라니 무슨 말이오?"

"제가 저택의 경비를 책임지면서 마스터의 신변에 문제가 생기면 바로 보고를 하라는 지시를 받았습니다. 그래서 마스터의 경지에 대한 것을 왕궁에 보고를 하였습니다. 죄송합니다."

브레인은 제이슨이 자신의 기사가 되기 전에 자신의 임무에 충실이 이행한 것이라 충분히 이해를 하고 있었다.

"괜찮소. 나의 기사가 되기 전에 그대의 임무였으니 충분히 이해를 하오. 손님이 오셨다고 하니 안으로 모시시오."

브레인의 담담한 말에 제이슨은 감동의 눈빛을 하며 힘차게 대답을 하였다.

"예, 마스터."

제이슨이 나가고 브레인은 과연 왕궁에서 무슨 말을 할 것인가에 대해 생각하였다.

아마도 헤이론 왕국의 입장에서는 자신이 있는 것이 상당히 불편하게 생각하게 될 것이고, 이를 핑계로 무슨 말이 나올 것이라는 예상을 하게 되었다.

"후후, 아무리 머리를 써도 나는 가지 않을 것이다."

브레인은 이제 자리를 잡으려고 하는 시점이니 절대 떠날 수 없는 상황이었다.

아버지가 원하는 가문의 부흥을 여기서 멈출 수는 없는 일이었기 때문이다.

브레인은 가문을 일으켜 세워 반드시 부모님과 같이 행복하게 살겠다는 각오를 하고 있었다.

제국이 안 되면 왕국에서라도 말이다.

사실 브레인은 헤이론 왕국의 사람이라고 해도 무방한

입장이었다.

자신의 출생이 헤이론 왕국이었고 실지로 커 온 곳도 헤이론 왕국이었기 때문이다.

브레인이 이런저런 생각을 하고 있는 동안 왕국의 귀족인 바이칼 후작이 들어오고 있었다.

바이칼 후작은 백금발의 머리를 가진 귀족이었다.

노인이라고 해도 좋을 만큼 나이가 있는 노후한 귀족이었지만 그 영향력이 상당하여 아직도 정치에 참여를 하고 있었다.

"어서 오십시오."

"반갑소. 나는 바이칼 후작이라고 하오."

"반갑습니다. 브레인이라고 합니다."

"그대의 이름은 많이 들어 알고 있소. 내가 여기에 온 이유는 그대가 마스터의 경지에 도달하였다는 말을 들어서요."

브레인은 바이칼 후작이라는 노인이 상당히 까다로운 사람이라는 것을 느꼈다.

처음부터 시비를 거는 것처럼 상대의 말을 짤라 먹는 이상한 버릇을 가진 노인이었다.

"제가 마스터의 경지에 오른 것이 문제입니까?"

브레인은 이런 사람에게는 편법이 통하지 않는다는 것을 알고 바로 직설적으로 대하기로 마음을 먹었다.

"그대가 마스터의 경지에 오른 것이 문제가 아니라 우리 왕국에 와서 암습을 받았다고 하는 것이 문제라오. 마스터의 경지에 오를 정도면 충분히 실력이 있다는 것인데 그런 사람이 암습을 받아 기사들을 잃었다는 것이 납득이 되지 않아서요."

브레인은 바이칼 후작의 말에 조금은 놀란 눈빛을 하였다.

헤이론 왕국에서 그 정도까지 생각하는 인물이 있다는 것에 감탄하고 있었다.

그렇지만 그에 해명을 할 준비를 하고 있었기에 바로 대답을 해 주었다.

"제가 암습을 당할 시기에는 몸에 심한 부상을 입어 본인의 실력을 보여 줄 수가 없었을 때입니다. 일차적으로 산적이라고 하는 무리들이 지닌 실력이 기사도 당하지 못할 정도의 실력을 가져 피해를 입었고, 두 번째도 마찬가지로 최소한 익스퍼트 중급의 실력을 가진 자들이 포함된 무리들이 습격을 하여 처음에는 몸에 무리가 가도 검술로 대응을 하였지만 저를 수행하던 제이슨 경이 더 이상 저를 보호해 주지 못하게 되어 결국 어쩔 수 없이 마법 물품을 사용하여 위기를 벗어난 것이지요. 이런 상황이 과연 우연일까요? 그리고 저택을 얻어 안전이 확보되어 가지고 있는 마법 물품으로 부상을 치료하였고, 마음이 안정을 찾으니 그동안의 깨달음을 정리하는 과정에서 얻는 것이 마스터의 경지입니다. 무슨 문제가 있는지요?”

브레인의 조리 있는 말에 바이칼 후작도 말을 하지 못했다.

브레인의 말대로라면 왕국이 일부러 습격을 조성하였다는 묘한 뉘앙스가 풍겨서였다.

대놓고 그렇게 말을 하지는 않았지만 듣고 있는 바이칼 후작의 입장에서는 충분히 오해를 할 수 있는 말이었다.

브레인을 다그치기 위해 왔는데 지금 상황이 묘하게 흘러가자 바이칼 후작이 오히려 곤란한 처지에 놓이게 되었다.

“험, 당시에 부상을 입은 사실을 알리지 않아 생긴 오해인 것 같으니 본인이 바빠서 오늘은 이만 돌아가겠소.”

바이칼 후작이 그렇게 말을 하고는 나이에 비해 무척이나 빠르게 나가 버리고 말았다.

브레인과 제이슨은 바이칼 후작의 그런 행동에 어이가 없었었다.

그러나 시간이 지나자 저저로 웃음이 나오는 것을 참을 수가 없었는지 저택이 떠나가라 웃고 있었다.

“하하하.”

“하하하.”

둘은 그렇게 한바탕 웃고 있었다.

"제이슨 경. 저분은 항상 저렇게 행동하오?"

"아닙니다. 저희 왕국의 현자로 통하는 분인데, 저도 오늘은 조금 이상하게 보입니다."

"하하하, 정말 재미있는 분이오."

브레인은 정말 웃기는 사람이라는 생각을 하고 있었다.

아마도 오늘 자신을 찾아온 이유는 무언가를 따지기 위해 왔을 것인데 자신의 말에 할 말이 없어 저리 급하게 도망을 갔을 것이다.

아무리 현자라고 해도 저리 행동하는 것은 이상해 보이는 브레인이었다.

사실 바이칼 후작은 국왕의 앞에서 자신 있게 혼을 내주겠다고 하고 나왔는데, 브레인의 말을 듣고 보니 자신이 실수를 하였다는 것을 알게 되어 민망해서 뒤도 돌아보지 않고 간 것이다.

바이칼 후작은 왕국의 후작이라는 고위 신분을 가지고 있지만 그보다 더 유명한 현자라는 칭호를 받고 있어 은연중에 사람들을 깔보는 습관을 가지고 있었는데, 오늘 브레인에게 제대로 당하게 되니 순간적으로 할 말을 잃고 그런 행동을 보이고 말았다.

두두두.

네 필의 말이 이끄는 마차의 안에는 바이칼 후작이 타고 있었다.

"허허, 이렇게 창피할 수가. 어떻게 내가 그런 행동을 하고 왔다는 말인가?"

바이칼 후작은 마차에 타고 가면서 자신의 행동에 깊은 후회를 하고 있었다.

이거는 도저히 얼굴을 들고 다니지 못할 정도로 민망한 일이어서 누구에게 하소연도 못하는 일이었다.

브레인이나 제이슨이 오늘의 일을 떠들게 되면 자신은 아마도 왕국에서 매장이 되고도 남을 일이었다.

"허어, 이거 정말 창피해서 어찌 살아야 하나."

바이칼 후작은 브레인의 저택을 찾아간 일이 이렇게 후회가 될지는 몰랐다.

국왕에게 돌아가서는 무슨 말을 해야 할지 아무 생각이 없는 바이칼 후작이었다.

마차는 열심히 왕궁으로 달려갔다.

국왕이 있는 호의실에는 국왕과 귀족들이 바이칼 후작을 기다리고 있었다.

"바이칼 후작이라면 그자를 충분히 설득시킬 수가 있을 것입니다."

"그렇습니다. 제국의 귀족이니 왕국에서 내보내야 합니다."

"자, 진정들 하시오. 이미 합법적으로 저택을 주었기에 그렇게 야박하게 대할 수는 없지 않소. 그러니 좋은 방법을 찾아봅시다."

국왕과 귀족들은 바이칼 후작이 갔으니 이제 일은 끝났다고 생각하고 의논을 하고 있었다.

이들은 바이칼 후작이 말도 못하고 돌아오고 있다는 사실을 모르고 있었다.

"국왕 폐하, 그자가 진정으로 소드 마스터의 경지에 도달하였다면 차라리 왕국의 명예 귀족으로 만드시는 것은 어떠십니까?"

왕국에서 유일한 공작인 에스모 공작의 말이었다.

왕국 제일의 가문이기도 한 에스모 공작의 발언에 귀족들은 귀를 세우고 있었다.

보통 타국의 귀족을 자국의 명예 귀족으로 만드는 경우는 종종 있었다.

이는 자국의 안전을 위해서이기도 하고 귀족의 명예를 세우는 일이기도 했다.

귀족의 입장에서는 명예 귀족이 되면 왕국에서 귀족으로서 의무는 없는 방면에 생활은 그대로 할 수 있으니 반대를 할 이유가 없었다.

"호오, 명예 귀족이라 그거 좋은 생각이오. 명예 귀족으로 만들면 왕국에서 저택을 준 것에 대해 걱정을 하지 않아도 되니 말이오."

국왕은 저택 문제 때문에 곤란하였는데, 에스모 공작의

말대로 하면 오히려 이득이 있으면 있었지 손해를 보는 일은 없게 되니 반기고 있었다.

"그런데 한 가지 걸리는 문제가 바이칼 후작이 혹시 가서 심하게 하지나 않았나 하는 문제가 걸립니다."

에스모 공작의 말에 국왕과 귀족들은 묘한 얼굴이 되어 버렸다.

분명히 바이칼 후작이 갔기에 환영을 하는 분위기였는데 지금은 오히려 이상한 입장이 되었기 때문이다.

"흠, 바이칼 후작이 갔으니 좋게 끝나지는 않았겠지."

국왕의 말에 귀족들은 고개를 끄덕이며 동의를 했다.

타고난 말주변과 거친 표현력을 가진 바이칼 후작이었다.

아마도 분명히 좋은 말로 하지는 않았을 것이라는 것에 모든 재산을 걸어도 좋다고 생각하는 귀족들이었다.

"지금쯤 열변을 토하고 있을 것입니다. 폐하."

"그렇겠지, 그 양반이 그냥 오지는 않을 것이니 말이야."

국왕은 에스모 공작을 보며 안타까운 시선을 보냈다.

마치 이렇게 좋은 의견을 왜 이제야 말하는 것인가에 대한 불만이었다.

에스모 공작도 괜히 이런 이야기를 했다는 생각이 들었다.

'내가 미쳤지 바이칼 후작이 간 것을 알고 이런 말을 하다니 어휴.'

에스모 공작은 속으로 자신을 욕하고 있었다.

그렇지만 이미 사건은 벌어졌으니 어쩌겠는가.

왕국의 모든 시선이 에스모 공작에게 모여 있었다.

에스모 공작은 편하지 않는 자리에 있으니 마음과 몸이 모두 불편해졌다.

"험, 험, 일단 제가 브레인 경을 만나 단판을 짓겠습니다. 하지만 왕국의 명예 귀족이라고는 하지만 마스터의 경지에 도달한 자이고 제국의 백작의 작위를 받을 귀족이니 우리 왕국에서는 공작의 작위는 주어야 할 것입니다."

에스모 공작은 그래도 공작은 주어야 자신이 가서 설득을 해 보겠다고 하고 있었다.

왕국의 공작이라는 자리가 높은 자리이기는 하지만 마스터에게 주는 자리로는 높다고 할 수 없는 자리였다.

그것도 정식 작위도 아닌 명예 작위이니 말이다.

헤이론 왕국에는 마스터의 경지에 도달한 사람이 한 명도 없는 것을 보면 마스터의 경지가 얼마나 대단한지를 알 수가 있는 일이었다.

대륙에 알려진 마스터는 모두 다섯이었고, 그들도 그만한 대접을 받고 있었다.

모두 제국의 고위 귀족인 후작의 작위나 공작의 작위를 가지고 있었으니 말이다.

에스모 공작의 의견에 대해서는 불만을 가지는 귀족이

없는지 아무도 다른 말을 하지 않았다.

"알겠소. 내 브레인 경을 공작에 임명하도록 하겠소. 우리 헤이론 왕국의 명예 공작으로 임명하는. 증서와 인장을 가지고 가시오."

국왕은 아예 작위 임명장을 손에 들려 보내려고 하였다.

명예 귀족이니 왕국의 영지는 없지만 왕국의 공작이라는 신분은 보장이 되었다.

에스모 공작은 어쩔 수 없는 표정을 지으며 대답을 하였다.

"알겠습니다. 제가 가서 정리를 하겠습니다. 폐하."

에스모 공작의 발언으로 헤이론 왕국의 입장은 모두 정리가 되었다.

국왕은 에스모 공작의 마음이 변하기 전에 처리를 하기 위해 최대한 빠르게 임명장과 인장을 준비하여 에스모 공작에게 주었다.

물론 간단한 인사도 해 주면서 말이다.

"공작 수고하시오."

국왕이 에스모 공작에게 해 준 말이었다.

왕궁에서는 국왕의 일가가 타고 다니는 마차를 준비해 주어 에스모 공작은 빠르게 브레인이 있는 저택에 도착을 할 수 있었다.

저택의 입구를 지키는 병사는 팔두 마차를 보자 바짝 긴장을 하여 서둘러 안에 보고를 하러 달려갔다.

마차와 함께 기사들이 있었는데 모두 근위 기사들이었다.

이번에는 근위 기사단의 단장도 함께 온 것이다.

마스터에 대한 경의를 표하기 위해서였다.

왕국에 마스터가 등장하면 모든 기사들이 최대한 존경을 담아 인사를 하는 것이 기사의 예의였다.

"공작 전하, 저택에 거의 왔습니다."

근위 기사단장이 에스모 공작에게 말을 해 주었다.

에스모 공작은 저택에 도착을 하면 어찌해야 하는지를 고민하고 있다가 단장의 말에 벌써 도착을 했는가라는 표정을 지었다.

"아… 알겠네."

마차는 정문의 입구에 도착을 하였고, 입구에는 이미 보고를 받은 기사들이 대기를 하고 있었다.

"에스모 공작 전하께서 브레인 경을 만나러 오셨다."

근위 기사단장도 정문을 지키고 있는 기사들이 왕국의 기사라는 것을 알고 있기에 편하게 말을 하고 있었다.

"충! 제가 안내를 해 드리겠습니다."

기사는 근위 기사단장을 보고는 바짝 얼어 있었다.

헤이론 왕국에서는 근위 기사단에 들어가는 것이 기사들의 꿈이었기 때문이다.

그런 대단한 인물이 직접 왔으니 기사들이 긴장하지 않

을 수가 없었다.

기사의 안내로 브레인이 기거하는 곳으로 이동을 하였다.

브레인은 헤이론 왕국의 후작이 왔다 갔는데 이번에는 공작이 왔다는 소리에 어리둥절한 표정이 되었다.

"제이슨 경. 왕국의 공작이 왜 온 것이오?"

"아직 저도 자세한 사정을 모르지만 나쁜 일은 아닐 것입니다. 바이칼 후작이 다녀갔는데 바로 공작이 왔다는 것은 사과의 의미에서 무언가 있을 것이라 생각합니다. 그만큼 마스터의 입지가 좋다는 이야기이니 말입니다."

제이슨은 마스터인 브레인을 존경 어린 시선을 보았다.

"나쁘지는 않다는 말이네."

"그렇습니다. 마스터."

"이거 은근히 기대가 되는데 그래."

브레인은 에스모 공작이 가지고 올 선물에 대해 은근히 기대가 되었다.

아까와는 전혀 다른 상황이었으니 이번에는 다를 것이라는 생각에서였다.

브레인의 기대를 잔득 받고 있는 에스모 공작은 근위 기사단장만 대동하고 브레인이 있는 곳에 도착하였다.

"에스모 공작 전하께서 도착하셨습니다."

"안으로 모시게."

브레인의 허락이 떨어지자 문이 열리며 노년의 귀족이

기사의 정복을 입은 기사와 함께 들어왔다.

에스모 공작은 일단 마스터에 대한 정중한 인사를 하였다.

"반갑습니다. 헤이론 왕국의 에스모 공작이라고 합니다. 이렇게 마스터의 경지에 오르신 분을 보게 되어 영광입니다."

"검의 군주께 경의 인사를 올립니다."

근위 기사단장은 기사의 예로서 정중하게 인사를 하였다.

브레인은 아까와는 정말 다르게 인사를 하는 두 사람을 보고 속으로 웃음이 나왔다.

'진짜군. 무슨 선물을 준비하였는지 기대되는구나.'

"반갑습니다. 왕국의 공작께서 이렇게 직접 오실 줄은 몰랐습니다. 카이라 제국의 귀족인 브레인이라고 합니다."

브레인도 귀족의 예로 과하지 않게 인사를 하였다.

"그리고 그대는 기사인 것 같은데 이렇게 인사를 받으니 고맙게 생각하오."

"아닙니다. 제가 영광입니다."

마스터의 경지에 오르면 기사들은 당사자를 검의 군주라는 호칭으로 불렀다.

이는 대륙에 암묵적인 규칙이었기 때문에 모두가 따르고 있었다.

"브레인 경. 혹시 바이칼 후작이 다녀가지 않았습니까?"

에스모 공작은 바이칼 후작이 아직 여기에 있을 것이라 생각하고 심각하게 고민을 하고 있었는데 보이지가 않아 하는 말이었다.

"예, 있었지요. 지금은 돌아갔습니다."

브레인은 조금 불쾌한 표정을 지으며 대답을 해 주었다.

에스모 공작은 그런 브레인의 표정을 보고는 속으로 그러면 그렇지 하고 생각하였다.

바이칼 후작에 대해서는 에스모 공작도 알고 있기에 그의 독설에 당하지 않은 사람이 없을 정도였다.

"우리 왕국의 국왕 폐하께서는 브레인 경이 마스터의 경지에 오른 것을 축하한다고 전해 주시며 왕국의 명예 공작으로 임명하셨습니다."

에스모 공작의 말에 브레인과 제이슨은 깜짝 놀라고 말았다.

브레인도 왕국의 입장에서 무언가 선물이 있을 것이라는 생각을 하였지만, 그 선물이 명예 공작이라는 작위를 줄 것이라고는 생각지 않고 있었다.

"검의 군주께서는 왕국의 작위를 받아 주시기를 바랍니다."

근위 기사단장은 놀라는 표정을 짓고 있는 브레인이 거절을 하려고 하는 것이라 오해를 하고 빠르게 끼어들어 받아 달라고 하고 있었다.

사실 왕국의 입장에서는 공작이 아니라 대공의 작위를 주어서라도 잡아야 하는 사람이 바로 마스터였다.

　그만큼 마스터는 많은 영향을 미치는 사람이었다.

　물론 그 이유를 브레인은 알고 있었지만 말이다.

　변형된 마나 호흡법으로 마스터의 경지에 오른다는 것은 그만큼 힘이 드는 일이었고 피나는 노력이 없으면 절대 이룰 수 없는 경지였다.

　브레인은 헤이론 왕국의 작위를 거절할 이유가 없었다.

　"알겠소. 작위를 받아들이겠소."

　브레인이 작위를 받아들인다고 하니 에스모 공작의 얼굴이 밝아지고 있었다.

　"여기 작위 임명장과 인장 반지입니다. 원래는 국왕 폐하께서 직접 작위식을 해야 하지만 몸이 좋지 않으시는 바람에 내가 온 것이니 오해는 없으셨으면 합니다. 브레인 공작."

　에스모 공작은 브레인을 공작이라 부르며 은근히 왕국의 귀족이라는 것을 강조하고 있었다.

　"축하드립니다. 공작 전하."

　근위 기사단장도 바로 축하의 인사를 하였다.

　이는 확실하게 못을 박기 위해서였다.

　브레인은 두 사람이 하는 행동을 보며 웃을 수밖에 없었다.

자신은 왕국의 명예직이지만 작위가 있는 것이 도움이 되기 때문이었다.

"고맙습니다. 나중에 국왕 폐하를 뵙고 인사를 드리도록 하겠습니다."

국왕이 아프다고 하였으니 지금 간다고 하는 것도 실례였기에 어쩔 수 없었다.

브레인이 헤이론 왕국의 공작이 된 소문은 순식간에 수도에 퍼졌다.

소문을 들은 어세신 길드의 마스터는 자신의 형인 도둑 길드의 마스터와 대화를 나누고 있었다.

"아니, 그놈이 공작이 되었다는 말이냐?"

"형님. 미안하지만 그를 암살하는 것은 포기를 하세요. 우리 길드로서도 벅찬 상대입니다."

"나도 안다. 하지만 그놈에게 당한 것이 억울해서 그냥 둘 수가 없다."

"암만 그래도 이제는 왕국의 공작의 위치에 있는 놈입니다. 암살은 거의 불가능하다고 보아야 합니다."

동생의 말에 형은 미칠 것 같은 기분이었다.

엄청난 금액을 받을 수 있는 보석을 가지지 못해서였다.

그에게는 브레인을 죽이는 것이 중요한 것이 아니라, 바로 브레인이 가지고 있는 보석이 중요하였다.

"무슨 방법이 없겠느냐?"

"저는 방법이 없으니 이제는 형님이 알아서 하십시오. 저는 여기서 손을 떼겠습니다."

동생이 냉정하게 말을 하자 형의 눈빛이 달라졌다.

"지금 손을 뗀다고 하면 아마도 후회를 하게 될 것이다. 베니엘."

"형, 이름은 부르지 마요. 그리고 후회를 하는 것은 내가 형이 될 것입니다."

베니엘은 그렇게 차갑게 말을 하고는 조용히 사라졌다.

사실 어세신 길드에서는 브레인의 암살에 대해 상당히 회의적인 반응이었다.

길드 마스터의 의뢰이니 정보를 모으고 있다가 왕국의 명예 공작이 되었다는 소식을 전해 듣고는 바로 의뢰를 취소해 달라고 하였던 것이다.

두 형제는 미묘한 관계를 가지고 있었는데 이번에 확실히 관계를 정리하게 되었다.

〈『영웅전설』 2권에서 계속〉

1판 1쇄 찍음 2011년 4월 8일
1판 1쇄 펴냄 2011년 4월 13일

지은이 | 무 람
펴낸이 | 정 필
펴낸곳 | 도서출판 **뿔미디어**

기획 | 이주현, 문정흠, 손수화
편집책임 | 이재권
편집 | 장상수, 심재영, 조주영, 주종숙, 이진선
관리, 영업 | 김기환, 김미영

본문, 표지 인쇄 | 광문인쇄소
제본 | 성보제책사

출판등록 | 2002년 9월 11일 (제1081-1-132호)
주소 | 부천시 원미구 상3동 533-3 아트프라자 503호 (우)420-861
전화 | 032)651-6513 / 팩스 032)651-6094
E-mail | BBULMEDIA@paran.com
홈페이지 | www.bbulmedia.com

값 8,000원

ISBN 978-89-6639-005-2 04810
ISBN 978-89-6639-004-5 04810 (세트)

※파본은 본사나 구입하신 서점에서 교환하여 드립니다.